「這雖然是遊戲，
但可不是鬧著玩的。」

──「SAO刀劍神域」設計者・茅場晶彥──

SWORD ART ONLINE
Alicization dividing

REKI KAWAHARA

abec

bee-pee

013

轉章Ⅳ　西曆二〇二六年七月六日

以全長四百公尺，寬兩百五十公尺為傲的自走式巨大人工母船「Ocean Turtle」裡總共有十二層甲板。

只要想到世界最大的郵輪——實際上還是比Ocean Turtle小——「海洋綠洲號」有十八層甲板，就會覺得它的隔間實在有點奢侈。但據說是因為建造這艘船的目的不是航遊旅行，而是海洋科學的研究，所以需要放置各種觀測、分析用儀器的空間。當然明日奈本身也對於挑高的天花板沒有任何不滿。

吃水線下的一層為浮體甲板，第二層是機械室甲板，第三層到第八層是海洋生物、海底資源、板塊構造等各種研究設施。第九層與第十層是客艙，第十一層為休息室、健身房、泳池等休閒設施甲板，而最上層的第十二層除了有雷達與天線之外，也設置了瞭望室。

這艘母船在登記上是屬於海洋研究開發機構（JAMSTEC），但這並非完全屬實。由於主要動力使用了國產的加壓水型原子爐，所以是和自衛隊共同建造，竣工之後也有現役的自衛官駐守船上負責警備工作。

而且不只是這樣而已。貫穿船體中心部的複合鈦合金柱——通稱「主軸」的內部更是完全在自衛隊的管理之下，目前這個地方正進行與海洋完全無關的極機密研究。他們複製了新生兒的靈魂，然後在假想世界進行培育，希望能夠產生世界上第一個Bottom-up型人工智慧——而整個計畫的名稱就叫作「Alicization計畫」。

二〇二六年七月六日，禮拜一，上午七點四十五分。

探望過在主軸上半部，也就是被稱為「上軸」的區域接受治療當中的桐人——桐谷和人之後，結城明日奈便和完全潛行技術研究者神代凜子博士一起到第十一層甲板的休息室裡吃早餐。

由於明日奈不是豪華客船的乘客——甚至有可能在統籌計畫的菊岡誠二郎二等陸佐判斷下被關進禁閉室（雖然不知道有沒有）裡，所以對食物與客艙沒有什麼表達不滿的立場，但是自助餐形式的料理倒是相當豪華。

桌子另一側，正用刀子切著炸白肉魚排的凜子一邊緊盯著切面一邊表示：

「這條魚不知道是不是從Ocean Turtle上釣來的喔？」

「這……這個嘛……」

盤子裡裝了相同食物的明日奈也畏畏縮縮地把一塊魚排送進嘴裡。魚肉相當鬆軟，但是也很有嚼勁。雖然相當新鮮，但在這種外海真的能夠伸出釣竿來釣魚嗎？

放下右手的刀子後，明日奈一邊拿起裝著冰紅茶的杯子一邊朝左側的窗戶看去。飄盪的海面是黑壓壓的一片，別說魚了，根本連艘釣船都看不見。

現在想起來，明日奈只聽說Ocean Turtle目前的位置是在「伊豆諸島沿岸」。但呈南北向分布的伊豆諸島相當長。就連幾乎位於中心的八丈島也距離東京約三百公里那麼遠。

只要使用從東京帶過來的手機，就能利用地圖ＡＰＰ來確認現在的位置了，但很可惜的是船上因為保全上的理由而無法連接船內的Wi-Fi。雖說因為允許聽取保存在記憶卡內的音樂檔案而沒有沒收手機已經是相當寬容的政策，但老實說處於無法「一有問題立刻搜尋」的狀態當中還是很容易累積不滿的壓力。過去在ＳＡＯ世界裡的時候別說是搜尋了，根本沒有辦法獲得現實世界的情報，不過也沒有像現在這麼地不滿。

將嘆息與冰紅茶一起吞下去後，明日奈決定轉換自己的心情。

自己是因為一直無法抹滅對方沒有給予充分情報的感覺，才會光是沒辦法使用網路就焦躁不已。

菊岡誠二郎與比嘉健所進行的「計畫」，真的就只有昨天說明的那些內容嗎？用來實驗的「地底世界」裡是不是還藏有其他祕密呢？還有——待在Soul translator四號機裡接受治療的桐人，真的能像安岐夏樹護士所說的，在明天就睜開眼睛醒過來嗎……？

不對，前兩個疑問就算了，第三個才是絕對無法忽略的疑點。但現在也只能選擇相信了。到了明天——七月七日的時候，和人受傷的腦神經網路就能完成再生，而他也會恢復意識。雖然明日奈七日傍晚就得搭上由Ocean Turtle出發的直升機回到東京，但應該還是有一些交談的時間才對。當然應該也會有時間緊緊抱住他為了守護明日奈而受傷的身體。

一想到那個瞬間，明日奈就稍微恢復了一點精神，於是便一邊繼續用餐一邊對凜子問道：

「凜子小姐，您清楚這艘船目前的詳細位置嗎？我只聽說在伊豆諸島沿岸。」

「……話說回來，我也跟妳差不多呢……」

吃完炸魚排的凜子稍微歪著脖子並把手插進白衣的口袋裡。她應該是準備拿出手機吧，但想起無法連接網路的她臉色隨即變了一下。

「呃……我記得比嘉說過好像是在距離御藏島西邊一百還是兩百公里的地方……這樣的話，那應該是三宅島吧……」

凜子一邊說出不確定的情報，一邊朝以船上而言算是相當大的窗戶看去。這時明日奈也再次看向藍黑色的海面。

由於朝陽正從另一側的窗戶照射進來，所以兩人臉龐面對的方位應該是西方。如果Ocean Turtle現在位於伊豆諸島西側的情報屬實，那麼在水平線那端應該能看見御藏島與三宅島，甚至還能看見一點本州才對……

一邊這麼想，一邊從左到右打量著海面的明日奈忍不住就輕聲叫了「啊」一聲。剛才看著窗戶時沒有注意到的物體，在朝陽的照射下發出了白色光芒。漂浮在遠方海面上的細長人造物——原來是一艘船。由於沒有比較的對象，所以看不出大小，但體積應該相當大才對。

「凜子小姐，那裡……」

明日奈放下刀子並且用手一指，而凜子也瞇起眼睛並點頭說道：

「哎呀，是一艘船。看起來應該不是……捕獲剛才那些魚的船吧……」

「咦，不是嗎？」

「以漁船來說實在太大，而且顏色也太深……還有，上面的天線也太多了。」

凜子站了起來並往窗戶靠近，這時明日奈也站到她的身邊。雖然視力不算差，但海面升起的水蒸氣讓遠方船隻的影像不停晃動，也因此而讓人看不太清楚細部。不過位於船中央的高挑桅杆上確實裝置著好幾組圓形天線。看起來和矗立在Ocean Turtle頂端，也就是這座休息室正上方的大型天線桅杆十分相似。從直線造型的船體來看，它不像是漁船，反而像是運輸船。不對，應該說像是……

「軍艦……？」

明日奈剛低聲說完，背後隨即傳來一道相當嚴肅的聲音。

「那是日本的船。但是日本沒有軍艦喔。」

明日奈和凜子同時回過頭去。這時雙手拿著裝有早餐的托盤站在那裡的，是一名身穿純白短袖制服的男性——中西一等海尉。

「早啊，中西先生。」

「早安。」

兩人打完招呼後，高大的中西也很有禮貌地把托盤放到附近的桌上，然後彎曲上半身回了個禮。

「早安，神代博士、結城小姐。」

「難得在這裡遇見，要不要跟我們一起吃？」

考慮了一下凜子的提議後，中西便點頭回答：「那就恭敬不如從命了。」等到中西把托盤拿過來後，明日奈與凜子也坐回原來的位子上。一看之下才發現，這名自衛官的食量果然相當大，早餐除了一大盤雞蛋、培根之外，還有一大堆沙拉。

「跟自衛隊的伙食比起來，這裡的餐點味道怎麼樣？」

聽見凜子這似乎不太容易回答的問題後，中西微微露出苦笑，接著一邊拿起叉子表示：

「老實說，Ocean Turtle稍微好一點。像這些番茄和小黃瓜都是船上直接栽培出來的。」

「哇啊，這裡還有菜園嗎？」

看見明日奈瞪大眼睛的模樣後，自衛官這次露出有些驕傲的微笑。

「是的，在第八層甲板後部。好像是海上大規模農場的實驗。」

「所以這番茄才會稍微有點鹹味嗎？」

雖然凜子只是開玩笑……

「真的嗎？」

但看見一臉認真地咀嚼起番茄切片的中西後，明日奈等人不禁笑了出來。當明日奈為了繼續中斷的早餐而拿起刀叉時，忽然想起中西剛才說的第一句話，於是便露出疑問的表情。

他雖然說日本沒有軍艦，但應該不可能才對。身為海上自衛官的他，原本的職場不就正是軍艦……不對，自衛隊並不是軍隊，所以隸屬於他們的船隻也不是軍艦，原來是這種邏輯把戲嗎？也就是說，窗戶外面可以看見的船隻是……

明日奈再次看向窗外，一邊凝視著直線造型剪影的大型船隻一邊說道：

「那麼……那不是軍艦，而是自衛艦……？」

「差一點就猜中了。屬於海自的船艦稱作護衛艦。」

中西咧嘴笑了一下，然後自己也看遠方的船並且繼續表示：

「那艘船是新銳的泛用護衛艦，ＤＤ－１２７『長門』。至於在這個海域航行的理由，很抱歉沒辦法透露給兩位…………唔……？」

簡單明瞭的一句話不自然地中斷，明日奈看向中西的臉後隨即把視線移回海洋上。

結果灰色的軍艦——不對，灰色的護衛艦剛好開始改變方向。不到十秒鐘就把艦尾朝向 Ocean Turtle，然後往遠方駛去。

看見這一幕的中西忽然站起來背對明日奈等人，接著從口袋裡拿出薄型手機。迅速操作後把它貼在耳朵上，然後開始小聲說話：

「菊岡二佐，抱歉在休息的時候打擾了，我是中西。護衛艦『長門』原本預定在後天一二〇〇前都要追隨本艦……但是剛才卻往西邊轉進……是，我馬上過去。」

通話結束後，他便握著手機迅速轉過身子。這時這名自衛官臉上已經籠罩著嚴肅的表情。

「博士、結城小姐。抱歉，我要先失陪了。」

「快去吧。我們會幫你收拾餐盤。」

「那就麻煩妳們，告辭了。」

聽見凜子這麼說，中西隨即以直立的姿勢低下頭來，接著用小跑步的速度離開休息室。

「……不曉得發生什麼事了？」

「對啊……」

明日奈微微歪著脖子，然後再次看向窗外。

不知道為什麼，護衛艦消失在遠方晨靄的模樣讓明日奈感到有些不安，於是她便靜靜地緊握住左手。

第九章　整合騎士愛麗絲　人界曆三八〇年五月

嘰……

嘰……

每當這道細微的聲音響起，心臟就會跟著收縮。

聲音的來源是到現在都還沒有名字的「黑劍」劍尖。它的前端一公分左右正插在公理教會中央聖堂外壁的白色大理石磚縫隙中。

握住黑劍劍柄的右手已經因為冷汗而濕濡，手肘和肩膀的關節因為快要無法承受重量，感覺就好像要脫離身體了。不過這也是理所當然的事——因為我那條不怎麼粗壯的右臂，目前正承受著兩個人、一把超高優先度的長劍，以及一整副鎧甲的重量。

像鏡子般平滑的壁面完全沒有施力處，而且劍也沒辦法繼續往裡面插了。身體下方就只有無限寬廣的虛空。再加上這時不只是握劍的右手，連左手也因為吊著身穿黃金重裝鎧甲的女性騎士而瀕臨界限。

在「Underworld」這個異世界裡，肉體疲勞的現象與現實世界有點不同。跟現實世界一樣，步行或是全力跑完一段長距離的道路、經過劇烈的練習或是搬運重物都會感到疲勞。問題是，這種疲勞的感覺和受傷同樣會讓「天命」——地底世界經過數值化後的人命，也就是生命值——開始減少。

現實世界裡幾乎不會發生「累死」這樣的事情。一般來說，肉體在受到嚴重的傷害前，就會因為疲勞而無法繼續運動下去。但是在這個世界裡，有時候真的能靠意志來超越肉體的極限。說得極端一點，就是有可能發生忍受著疲勞與痛苦一直跑到天命歸零，然後在那個瞬間立刻倒地死亡的事情。

我現在正用自己的肉體支撐著龐大的重量。所以天命值一定會以確實的速度減少。即使用意志與毅力來持續緊握左右手，依然得面臨天命歸零而當場死亡的那一刻。那個瞬間我的右手也會離開黑劍，接著女性騎士也將因為墜落到數百公尺下方的地面而喪生。

而且現在持續受損傷的不是只有我而已。只用劍尖承受巨大重量的愛劍也承受著超越極限的負荷。再加上我在之前的戰鬥裡，就已經使用過兩次耗損大量天命的「武裝完全支配術」了。雖然在這種狀態下無法打開史提西亞之窗來確認數值，但是天命在幾分鐘內歸零也不是什麼不可思議的事情。到時候劍將會完全粉碎，就算把它收進劍鞘裡也無法修復了。

連名字都還沒有決定就折斷的話，這把劍也未免太可憐了，不過那個時候我自己也會摔落地面而死。因此一定得盡快想辦法解決這種狀況才行，但我的筋力最多也只能讓自己像這樣吊著，而且——

「夠了，把你的手放開！」

吊在我手上的女性——擁有神器「金木樨之劍」的黃金整合騎士愛麗絲・辛賽西斯・薩提發出了不知道第幾次的叫聲。

「我不想被你這種大罪人解救，然後活在這個世界上丟臉！」

她這麼說的同時，還為了掙脫自己被抓住的右手而不停晃動全身。我手裡被汗水弄濕的護手也因此微微往下滑落。

「嗚喔……笨……」

我一邊發出沒有意義的聲音，一邊拚命讓晃動停下來。但是插在牆壁裡的黑劍劍尖已經因為震動而往外拔出一公厘左右。死命恢復靜止狀態之後，我便往下瞄了一眼並且大叫：

「別亂動啦笨蛋！既然是整合騎士，就應該知道這個時候自暴自棄根本無法解決問題吧，笨蛋！」

「什……」

我腳底下那張雪白的臉孔頓時漲紅。

「又……又在愚弄我了！把話收回去，罪人！」

「吵死了！淨幹些蠢事的笨蛋當然是笨蛋啦，這個笨蛋！大笨蛋！」

連我自己也不知道是想先挑釁再邀她談判，或者純粹是因為太過火大，我只是不顧一切地扯開喉嚨這麼大叫著：

「聽好了！妳要是一個人在這裡掉下去死了，留在塔裡的尤吉歐馬上就會到最高司祭那裡去！妳的任務是要阻止這件事發生吧！那麼身為整合騎士的妳應該要不顧一切地以活下去為最優先事項才對！妳這笨蛋連這麼簡單的道理都不懂，所以我才會罵妳笨蛋啦！」

「嗚……竟……竟然用那麼過分的言語辱罵了我八次……」

以整合騎士的身分醒過來後，應該就沒被人罵過笨蛋的愛麗絲氣得臉紅脖子粗。看見她稍微舉起左手上閃耀的金木樨之劍，以為她是要同歸於盡的我頓時冒出了一身冷汗，幸虧最後她似乎還是理智戰勝了衝動，只見長劍再次無力地往下垂。

「……原來如此，你說的話也有道理。但是……」

整合騎士咬緊如珍珠般的牙齒並提出反駁：

「那你為何不把手鬆開？你能證明並非是讓我比死還難受的憐憫，使你沒有這麼做嗎？」

這當然——不是憐憫。因為解救愛麗絲本來就是我和尤吉歐來到中央聖堂的理由之一。但是現在根本沒有從頭說明清楚的時間了。何況尤吉歐要救的並不是愛麗絲．辛賽西斯．薩提，而是八年前在盧利特村被擄走的青梅竹馬愛麗絲．滋貝魯庫。

我拚命運轉快要因為超過負荷而燒焦的腦袋，努力想著能讓愛麗絲接受的藉口。但這種東西不可能馬上就冒出來。在沒辦法的情況下，只能說出某種程度的事實了。

「我……我和尤吉歐不是為了消滅公理教會才爬上中央聖堂。」

我筆直地往下看著愛麗絲發出強光的藍色眼睛，接著死命把話從嘴裡擠出來：

「我們也跟你們一樣，想守護人界不受黑暗領域的侵略。因為我們兩年前也在盡頭山脈和哥布林集團戰鬥過了……不過就算我這麼說，妳應該也不會相信吧。所以我不能讓據說是最強整合騎士之一的妳死在這裡。因為妳也是寶貴的戰力。」

這應該出乎她的意料之外吧，只見愛麗絲皺著眉頭沉默了一陣子，但馬上就以尖銳的言詞回答：

「既然這樣，那你為什麼要對人揮劍，犯下讓人流血的最大禁忌呢！」

愛麗絲雙眼裡燃燒著純粹的正義之念——即使那只是最高司祭按照自己心意創造出來的東西——並這麼大叫著：

「為什麼要傷害艾爾多利耶．辛賽西斯．薩提汪等眾多騎士呢！」

很可惜的，我找不到能回答她詰問的言詞。因為對愛麗絲所說的想守護人界之類的內容，除了是內心的真實想法之外，同時也是最大的欺瞞。

我爬到中央聖堂最上層後，如果戰勝最高司祭亞多米尼史特蕾達，就能讓隱者卡迪娜爾恢復所有權限。而她為了預防即將來臨的慘事，將會把地底世界完全初始化。但我到現在都還沒想出辦法來迴避這個讓一切歸零的結局。

但是，我在這裡和愛麗絲一起墜樓而死的話，將會造成更巨大的悲劇。

在卡迪娜爾沒有恢復權限的情況下，「負荷實驗最終階段」——也就是黑暗領域的侵略將會直接開始，被我和尤吉歐打傷的整合騎士們與亞多米尼史特蕾達將會一起被擊倒，接著人類也會在痛苦和哀嚎當中被滅絕。

而最令我無法接受的是，就算我在這個世界裡喪命，也只會從位在現實世界裡的某處「Soul translator」中醒過來的這個事實。地底世界的人民在嘗盡地獄般的痛苦後死去，只有我一個人毫髮無傷地回到現實世界——我無論如何都沒辦法接受這樣的結局。

「……我……」

現在的愛麗絲是教會與秩序的守護者，我把僅剩的一點時間全用在她身上究竟又能傳達些什麼呢？但是就算這些話不能打動她，我除了拚命把它說完之外也沒有其他辦法了。

「我和尤吉歐在學院裡砍殺萊歐斯．安提諾斯與溫貝爾．吉傑克，是因為公理教會與禁忌目錄錯了。其實妳也知道是這樣吧？就算禁忌目錄禁止這麼做……但妳真的認為上級貴族就能夠隨心所欲地玩弄羅妮耶和緹潔那樣的無辜少女嗎！」

兩天前在上級修劍士宿舍裡目擊的光景——緹潔她們全身被無情地捆綁住，臉頰上流著淚水的模樣再次浮現在眼前，我也忍不住全身顫抖了起來。雖然插在牆上的劍尖再次發出摩擦聲，但我根本不在乎這件事，只是繼續大叫：

「怎麼樣啊！快回答我，整合騎士！」

激烈的感情化成眼角的一滴淚水往下滴落，碰到下方的愛麗絲臉頰後隨即四處飛散。黃金騎士急遽屏住呼吸並且瞪大了眼睛。

最後從她嘴唇裡發出來的細微聲音，已經不像剛才那樣帶有強烈的憤怒了。

「……法律就是法律……犯罪就是犯罪。如果可以由人民自由判斷是不是違法的話，那要怎麼維持秩序呢？」

「那又由誰來決定訂下這些法律的最高司祭亞多米尼史特蕾達是否正確呢？是天界的神嗎？如果是這樣，那為什麼不現在就降下天譴用落雷把我燒死呢？」

「神明——史提西亞的旨意將藉由我們這些僕人的行為自然地展現出來！」

「我和尤吉歐就是為了弄清楚這一點而爬到這裡來！為了打倒亞多米尼史特蕾達，證明她才是錯的！所以，基於同樣的理由……」

我稍微往上瞄了一眼，確認插在牆壁裡的愛劍已經瀕臨極限。下一次愛麗絲再亂動……不對，應該說只要稍微有風吹過劍尖就會折斷，而我們兩個也會一起墜落。

「……現在不能讓妳死在這裡！」

我用力吸了口氣，然後把它集中在腹部，接著聚集僅剩的力氣。

「——嗚喔喔！」

隨著所有能擠出來的聲音，把吊在左手上的愛麗絲往上拉。雙臂與雙肩的關節雖然產生一陣劇痛，但總算把愛麗絲抬到同樣的高度，然後用最後的力量大叫：

「把劍插進那條縫隙裡……！我已經撐不住了，拜託！」

我露出拚命的表情，緊盯著旁邊臉孔完全扭曲的愛麗絲。

一瞬的沉默後，愛麗絲的左臂有了動作，金木樨之劍的劍尖發出尖銳的聲音並深深插進大理石縫隙當中。

黑劍幾乎在同一個時間離開縫隙，而我喪失握力的左手也放開了愛麗絲的手。

在從腳底直接貫穿腦部的慌亂當中，我瞬間在腦海裡描繪經過漫長下墜，以及最後將面臨的「死亡」。

但實際上只有經歷短暫的飄浮感以及瞬間的衝擊而已。因為愛麗絲的右手迅雷不及掩耳地抓住我上衣的衣領。

確認愛麗絲的劍與雙臂能夠撐住兩人份的重量後，我才大大地鬆了口氣。跳得像戰鼓那麼急的心臟開始慢慢減速，而我也再次有了依然活著的感覺。

「…………」

這時我默默抬頭，往上看著短短一秒鐘在物理、心理上位置關係就完全逆轉的對象。

金色整合騎士就像受到各種負面感情的煎熬一樣用力咬緊牙根。我也感覺抓住我衣領的拳頭不停地緊握與放鬆。

除了尤吉歐之外，我沒有看過任何地底世界的居民能在這種極限狀況下表現出迷惘的感情。其他人——人工搖光們，不論好人壞人都只會盲目遵從所有規範，面臨重要選擇時完全不會有任何的猶豫。換句話說，就是總是由自己之外的某個力量或某個人來下達重大決定。

也就是說從這件事情來看，就能知道即使經過最高司祭亞多米尼史特蕾達竄改靈魂，整合騎士愛麗絲的精神裡依然隱藏著比其他地底世界居民還要多的「人性」。

我實在無法推測愛麗絲心中究竟存在多少糾葛。但經過相當漫長的幾秒鐘後，我的身體終於被輕輕拉到跟剛才相同的高度。

我和她不一樣，根本沒有猶豫的理由。於是我也馬上用力把黑劍插進大理石縫隙裡，然後再次呼出細長的氣息。

等我的身體穩定下來後，愛麗絲立刻鬆開右手，同時也把臉別到一邊去。這時乘著風傳過來的，是與口氣完全相反的微弱聲音。

「……我不是要救你，只是為了還你人情……而且和你的比試也還沒分出勝負。」

「原來如此……那這樣我們就互不相欠了。」

我一邊慎選用詞遣字，一邊繼續開口說道：

「我有個提案……目前我們同處於必須想辦法回到塔內的狀況。所以要不要先暫時休戰呢？」

「……休戰？」

稍微面向我的臉馬上露出充滿懷疑的視線。

「嗯。因為現在也沒辦法破壞中央聖堂的外壁，而且要爬上去也不容易。跟單打獨鬥比起來，還是兩個人一起努力比較有可能生還吧。當然，如果妳有輕鬆回到裡面的辦法就又另當別論了。」

「…………」

愛麗絲相當懊悔地咬著嘴唇，馬上就回了一句：

「……如果有那種方法，我早就實行了。」

「說得也是。那我就當作妳同意休戰與合作的提議囉？」

「先等等……你說的合作，具體內容究竟是什麼？」

「很簡單，只是哪個人要掉下去的話就解救對方。如果有繩子的話就能撐更久一點了，但現在根本找不到那種東西。」

騎士再也不看向我，只是再次陷入漫長的沉默當中，最後才用幾乎無法分辨的動作輕輕點了點頭。

「我必須承認……這是相當合理的提案。現在也只能同意了……」

但愛麗絲最後又瞪了我一眼並且加了一句：

「但回到塔內的瞬間，我就會砍了你。這一點你千萬不要忘記。」

「……我會記得的。」

再次對我的回答點了點頭，接著愛麗絲就像要切換思考模式般輕咳了一聲。

「那麼……現在需要繩子對吧？你身上有沒有什麼多餘的布料？」

「布……」

我往下看著自己的身體，但想了一下之後才發現自己的口袋裡連一條手帕都沒有。如果這裡是令人懷念的阿爾普海姆，那就可以從道具欄裡拿出一大堆預備的服裝、斗篷等衣物，但地底世界根本不存在如此方便的機能。

「……雖然很想回答有，但我也只有這件襯衫與褲子。如果需要的話我可以脫下來。」

我一邊聳了一下左肩一邊這麼回答，但愛麗絲卻露出更加凝重的表情並大叫：

「不用了！真是的……竟然只帶一把劍就上戰場，真是太誇張了。」

「喂喂，把我和尤吉歐直接從修劍學院拖出來的人就是妳吧。」

「之後你們不是衝進中央聖堂的武器庫嗎？那裡明明有那麼多上等的繩索……啊啊算了，這樣只是在浪費時間。」

愛麗絲直接哼了一聲別過臉去，然後抬起戴著黃金護手的右臂。但隨即因為發現自己的左手無法離開劍柄而繃起臉。她接著把手臂伸到我面前並命令我：

「用空出來的手幫我把護手的掛鉤鬆開。」

「啥？」

「聽好了，絕對不能碰到我的皮膚。快一點！」

「…………」

根據尤吉歐的回想，在盧利特村時的愛麗絲是一名開朗且對任何人都相當溫柔的女孩。這樣的話，目前這個與當初完全相反的人格究竟是從哪裡冒出來的呢？

我一邊這麼想，一邊抬起好不容易恢復感覺的左手，然後解開護手的掛鉤。讓我握住護手的愛麗絲迅速把右手抽回去，然後動著白嫩纖細的手指叫道：

「System call！」

完成神聖術起句之後，她便高速詠唱出我從未聽過的複雜術式。我手裡的護手隨即發出炫目的光芒並且開始變形。不到幾秒鐘的時間，我的左手上已經握著一條收得相當整齊的黃金鍊子了。

「嗚喔……物質變換術……？」

「你這是什麼蠢問題。還是說你臉頰旁邊的不是耳朵，而是被蟲蛀出來的洞？剛才那只不過是形狀變化的術式，改變物體材質的術式只有最高司祭大人才能使用。」

看來就算同意停戰協定，愛麗絲也完全沒有打算改變潑辣的說話方式，這時我只能跟她說聲「對不起」，接著開始確認鍊子的強度。咬住一端用力拉之後牙齒差點就要掉了，於是我便急忙張開嘴巴。鍊子雖然比小指頭還要細，但是相當強韌，而且兩端還有掛勾，真的是無可挑剔了。

我把一端固定在自己的腰帶上，然後遞出另一端，愛麗絲隨即把它拉過去扣在自己劍帶的掛鉤上。往下垂的鍊子長度大概有五公尺左右。這樣只要不是兩個人同時掉下去，就算稍微有點手滑也沒關係。

「那麼……」

我再次看了一下周圍，確定目前的狀況。

從太陽的方向來判斷，我們現在正吊在中央聖堂的西面石壁上。頭上的天空逐漸從藍轉紫，從背後照射過來的陽光將白色壁面染成明亮的橘色。現在的時間應該是下午三點半左右吧。

畏畏縮縮地看了一眼腳下，馬上看見薄薄的帶狀雲層飄過，此外還能將模型般的庭園與包圍它的石壁，以及被「不朽之壁」分割為四等分的央都聖托利亞市街盡收眼底，而這也讓我再次體認到中央聖堂的異常高度。

塔內的一個樓層包含地板厚度大概有六公尺左右，粗略計算一下就能知道和愛麗絲戰鬥的第八十層「雲上庭園」大概是在標高四百八十公尺——不對，加上天花板特別高的第五十層「靈光大迴廊」後大概是五百公尺吧。如果墜落的話，天命一定會瞬間消失。而且這副肉體也會變成粉塵而完全不會留下遺骸。現在的風雖然相當平穩，但也不知道會持續到什麼時候。

我抖了一下背肌，然後重新握好右手的劍，接著又把左手掌上滲出的汗在褲子上擦乾淨。

「那個……我只是想確認一下……」

剛這麼搭話，旁邊同樣看著腳下的愛麗絲便抬起頭來。雖然感覺她的臉色好像比剛才更糟了，不過口氣還是一樣冷淡。

「什麼事？」

「沒有啦……只是覺得懂得改變物體形狀這種高度神聖術的騎士大人，說不定也會能飄浮在空中的術式……應該不可能喔，對不起。」

雖然看見她眉毛往上揚後馬上就道歉了，但愛麗絲還是毫不留情地破口大罵：

「你在學院到底都學了些什麼？雖然人界那麼廣大，但是能夠使用空中飛行術的就只有最高司祭大人而已，這是再怎麼年幼的修道士見習生都知道的事情！」

「所以我不是說了只是想確認一下嗎！幹嘛那麼生氣啊！」

「誰叫你用這種拐彎子瞧不起人的說法！」

雖然逐漸了解這名整合騎士愛麗絲和我之間就算不牽扯彼此的立場，還是連個性都水火不容，但我依然壓抑回嘴的衝動繼續提出問題：

「那……我還是再問一下……可以叫那隻把我拖到這裡來的巨大飛龍過來嗎？」

「又是個愚蠢的問題。飛龍只能接近第三十層的起降場。即使是叔叔……不對，即使是騎士長閣下的騎龍都無法接近再上面的區域了。」

「我……我怎麼可能知道這種規矩嘛！」

「當飛龍起降場設置在第三十層的時候就應該想到這一點了！」

我們馬上開始不知道已經是第幾次的互瞪，三秒鐘後才又同時把臉別開。而我又追加了三秒鐘把整合騎士大人完全不講理的說法吞進肚子裡去，然後才把臉轉回去說：

「那……利用飛行來脫離困境是不可能囉……」

雖然愛麗絲又多花了兩秒鐘左右才恢復冷靜，但她還是用藍色眼睛瞄了我一眼並點頭回答：

「中央聖堂的上層連鳥都沒辦法靠近。雖然不知道詳細情形，但聽說是最高司祭大人親手施行的特殊術式所造成的。」

「原來如此……預防得真徹底。」

我再次環視周圍的天空，馬上就發現遠方有些飛鳥的影子，但確實都沒有靠過來的跡象。

這應該可以說是最高權力者亞多米尼史特蕾達超強的魔力，以及近乎病態的警戒心的顯現吧。一想到這裡，就覺得這座塔超乎常軌的高度除了象徵權威之外，可能也表現出她對不知名敵人的恐懼。

「這樣的話，就只剩下……往下或往上爬，或者再次打破牆壁等三種選項了。」

「第三種太困難了。中央聖堂的外壁和『不朽之壁』相同，具備幾近無限的天命與自動修復性能。當然存在於下層的玻璃窗也是一樣。」

「那往下爬到有窗戶的地方也不行嗎……」

剛低聲說完，愛麗絲便輕輕點頭並且說：

「……說起來剛才把中央聖堂內側的牆壁打開一個大洞就讓我難以置信了……只能說是我和你的武裝完全支配術綜合起來後產生異常力量所造成的不幸。你真的很會給人找麻煩耶。」

「…………」

由於這時候回嘴只會再次吵起來，所以我只是粗暴地呼出鼻息並耐著性子問道：

「……但是這樣的話，照道理來說只要再引起一樣的現象就能破壞牆壁了吧？」

「雖然不是全無可能……但在洞穴自動修復的幾秒鐘內要回到內部應該相當困難吧，另外我已經用這孩子……『金木樨之劍』使出兩次完全支配術了。不讓它充分照射日光或者收回劍鞘休息一陣子的話，就沒辦法繼續用那個術式。」

「這點我也跟妳一樣。得把它收回劍鞘裡休息幾個小時……應該說光是這樣吊著就已經給它造成相當大的負擔了。不論是要下降或者往上爬，我看還是快點展開行動比較好。」

我一邊說一邊用手摸了一下大理石牆壁，結果根本是平坦到讓人感到絕望。單邊大約有兩公尺左右的磚塊就這樣一直往上堆疊，而且西面似乎沒有任何窗戶存在。就算有窗戶，愛麗絲也表示根本無法破壞。

想在牆面上移動的話，就只能準備攀岩時使用的巖石錐，把它打進大理石縫隙裡當成施力點來攀爬了。由於往上或者往下爬所耗費的體力都差不多，所以可以的話還是往上爬比較好，但最大的問題是——

我用最為嚴肅的表情凝視著左邊的愛麗絲，然後帶著對方應該不會回答的心理準備開口詢問：

「如果從這裡往上爬……有什麼能夠回到中央聖堂內部的地方嗎？」

結果愛麗絲果然露出猶豫的表情並緊咬嘴唇。如果能從爬上去的地方進入中央聖堂內，那裡一定相當靠近亞多米尼史特蕾達所居住的最上層。把我這個教會的敵人帶到那個地方，對身為守護者的整合騎士來說應該是幾近犯下禁忌的行為了吧。

但是——

愛麗絲用力吸了口氣，然後露出強而有力的眼神並點頭說：

「有的。第九十五層被稱為『曉星望樓』的地方，是四方只有柱子支撐住的鏤空構造。爬到那裡的話應該很容易就能回到裡面。但是……」

藍色雙眸又發出更強烈的光芒。

「就算到達了第九十五層，我也必須在那裡斬了你。」

我從正面接受整合騎士足以讓後頸感到有些發麻的強烈視線，然後也點著頭回答：

「這是一開始就約定好的。那麼——就決定往上爬囉？」

「……好吧。成功的機會應該比從這裡下去還要高。但是……說起來是很簡單，但是你準備怎麼從這麼平滑的壁面往上爬？」

「那當然是直接垂直往上跑……沒有啦，開玩笑的。」

為了逃開愛麗絲急遽降到零度以下的眼神，我只能乾咳了一聲，然後換成左手握劍，揚起右手來詠唱術式：

「System call！Generate metallic element！」

馬上有發出水銀般光輝的鋼素出現，我隨即又用追加的術式與想像力來改變它的形狀。把它拉成長五十公分左右，前端為薄刃狀尖銳的臨時大型巖石錐後，我便用手緊握住它。

我抬頭看向頭上黑劍插進去的石縫，然後用力揮動右手。

「哼！」

用盡所有力量把巖石錐釘進去後，幸好它沒有折斷，刃部也刺進狹窄的縫隙當中。上下搖晃了好幾次之後，終於讓它呈現即使整個人的體重壓在上面也沒問題的狀態。

利用神聖術生成的物體天命非常少，放著不管的話也只要幾個小時就會消滅了。因此不能用來形成連結我和愛麗絲的救命繩，但只是做為攀爬的施力點的話，只要保持十分鐘左右就足夠了。

我一邊感受愛麗絲依然充滿懷疑的眼神，一邊用右手緊抓住巖石錐，然後以左手把被濫用到將近極限的黑劍從牆壁裡拔出來。把它收回腰上的劍鞘後，隨即用兩手抓住凸出牆壁約四十公分的巖石錐，然後使用吊單槓的要領讓身體往上翻。

ＳＡＯ時代末期時，我的身體能力幾乎不輸給Ｂ級電影裡的忍者，我在地底世界的身體能力雖然比不上那個時候，但跟現實世界比起來已經是非常敏捷且強壯了。我把右腳放在鐵棒上，左手緊按著石壁一口氣撐起身體，然後便成功地站到金屬棒上面。

「沒……沒問題嗎？」

沙啞的聲音讓我把視線移了過去，結果發現愛麗絲用空下來的手緊握住黃金鍊子，然後以略顯蒼白的臉孔抬頭看著我。那種表情意外地給人一種稚嫩的印象，讓我忍不住想裝出跌落的模樣，但馬上就覺得現在不是鬧著玩的時候。

「我想……應該沒問題吧。」

用右手輕輕做了個訊號後，我便再次詠唱術式，製造出新的巖石錐來。然後把它用力釘進下一個位在頭上的隙縫，再用跟剛才同樣的程序往上爬。雖然只有短短的兩公尺，但我還是帶著終於能往前進的微小達成感往下對愛麗絲叫道：

「好了，這樣應該沒問題！就像我剛才那樣，爬到第一根巖石……不對，爬到第一根鐵棒上面來。」

但是抬頭看著我的整合騎士沒有任何動作。最後才稍微動了一下嘴唇，以細微的聲音表示：

「……到。」

「啥？妳說什麼？」

「……我說我辦不到！」

「等……等等，應該不至於吧。以妳的力量，應該很簡單就能把身體往上抬……」

「我不是這個意思！」

愛麗絲用力搖頭來打斷我僵硬的鼓勵台詞。

「……因為這是我第一次陷入這種狀況當中……說……說起來很丟臉，像這樣吊在這裡已經是盡了全力了。實在不可能爬到那麼細的落足點上……」

愛麗絲再次越來越細微的聲音頓時讓我說不出話來。

地底世界的人民大致上都不擅長應付預料之外或是常識之外的狀況。所以對於「原本不可能發生的事態」的適應力相當低，根據我的推測——被我用劍砍掉雙臂的上級修劍士萊歐斯，也是因為這樣才會在天命歸零之前搖光就先崩壞了。

原本無法破壞的中央聖堂牆壁忽然開了一個大洞，而且還整個人被吸到外面，騰空吊在連飛龍都無法到達的高空，這種狀況可能連整合騎士都無法對應吧。還是說——以擁有超高劍技為傲的愛麗絲·辛賽西斯·薩提本質上也只是一個女孩子呢？

不論是什麼原因，能讓這名高傲的整合騎士示弱，就代表她現在真的陷入極限狀態了。做出這樣的判斷後，我馬上大叫：

「我知道了！那我拉鍊子把妳抬到落足點！」

結果愛麗絲露出自尊與恐懼在心裡對戰的表情並且緊咬著嘴唇，最後像是不打算駁回一度決定的優先順位，輕輕點了點頭後就握住黃金鎖鍊。

「……拜託你了。」

那種蚊子叫般的聲音實在讓人很想戲弄她一下，但我最後還是忍住這股衝動，用右手抓住了鍊子。

「那我會慢慢拉。要開始囉。」

打了聲招呼後，我隨即慎重地拉起鍊子。腳下的巖石錐雖然發出細微的摩擦聲，但短時間

內似乎可以承受兩個人的重量。注意不讓鍊子晃動的我，把黃金騎士大人拉起一公尺左右就先暫時撐住鍊子。

「……好，可以把劍拔出來了。」

愛麗絲點了點頭，接著緩緩將插在石壁裡的金木樨之劍拔出來。這時鍊子馬上得承受新的重量，而我也只能咬緊牙關硬撐下去。

確定她把劍收進劍鞘裡後，我便再次開始往上拉的作業。當愛麗絲的靴子放到第一根巖石錐上時，我隨即向她搭話道：

「雙手抓住牆壁……對，我要放開鍊子囉。」

雖然從這個角度看不見她的表情，但可以發現愛麗絲死命貼在牆壁上並點著頭。我一邊想像她隨風飄揚的金髮下方露出何種拚命的表情，一邊慢慢放下右臂。騎士在細長的巖石錐上稍微晃動了一下，但馬上就穩定了下來。

「呼……」

我忍不住呼出長長的一口氣。

雖然不知道距離第九十五層的「曉星望樓」還有幾公尺，但只要重複這樣的作業，最後一定能到達目的地才對。問題是光爬上一塊磚頭的距離就要花上這麼多時間，爬到一半時應該天色就黑了，屆時得有吊在牆壁上過夜的決心才行。

「那我要再往上爬了。」

對著下面宣布完後，愛麗絲也繃著臉往上看了一下，然後在風中用幾乎快聽不見的聲音呢喃著：

「……請多加小心。」

「了解。」

我對著她豎起右手大拇指——雖然地底世界不存在這個肢體語言——接著為了創造出第三根巖石錐而詠唱系統指令。

聖托利亞明明已經快到夏至祭典了，但太陽一旦開始下沉，其速度簡直可以說是冷酷無情地快。

夕陽一開始照在白色大理石牆面後反射出來的橘色，已經由火焰般的紅色轉成深紫色再變成深藍色。看了一下周圍就能發現，在微暗的夜色當中，只有橫跨在遙遠西邊地平線上的盡頭山脈稜線因為染紅而變得特別清楚。

雖然頭上已經有好幾顆星星在閃爍，但攀爬牆壁的進度卻沒有太大的進展。一個小時前左右，意想不到的系統限制就開始困擾著我們。

攀登的順序其實相當簡單。先用神聖術製造出巖石錐，然後把它固定在大理石磚的縫隙裡，再由我爬上去。接著再以鍊子把愛麗絲拉上來，把她放到我剛才站立的巖石錐上面就可以了。當重複同樣的順序十次左右，一整個流程已經可以壓縮到三分鐘以下。

但是最重要的生成巖石錐的過程卻發生了問題。

這個世界裡沒有類似ＡＬＯ裡頭稱為ＭＰ的參數。名為神聖術的魔法，只要是在施術者的系統權限範圍之內，不論要使用幾遍都無所謂。

但這不代表可以隨時隨地無限使用魔法。神聖術也確實受到了限制。在施行術式時，必須要消耗貴重的觸媒或包含人類等生物在內的天命，或者是積蓄在施術者周圍的「空間神聖力」。

這名為空間神聖力的能量因為無法用數值來確認，所以真的很麻煩。基本上是由太陽光或者地力所供給。土地肥沃又充滿陽光的地方資源便相當豐富，就算連續詠唱高等神聖術也沒關係；但如果是待在石造建築物，而且又沒有窗戶的房間裡頭時，空間神聖力馬上就會枯竭，必須經過很長的一段時間才能恢復。

根據這個原則，我和愛麗絲目前——正處於被困在地上五百公尺的高空，而且太陽還逐漸沒入地平線下方的最糟糕條件下。在我不停詠唱神聖術後，周圍的神聖力終於完全枯竭，再也沒辦法生成攀爬牆壁必須的巖石錐了。

「System call！Generate metallic element！」

為了爭取最後一絲殘照而伸得筆直的手掌上雖然飄浮著幾顆孤單的光粒，但隨即噗咻一聲冒出白煙並消失了。

在嘆氣的我兩公尺下方，愛麗絲也用疲累的聲音說道：

「……因為生成器物必須消耗大量的空間神聖力……索魯斯下沉之後，一個小時能做出一根就算不錯了……現在爬了多少距離了？」

「呃……差不多超過八十五層了。」

「距離九十五層還相當遠呢。」

我依依不捨地眺望著天空中逐漸消失的紫色，接著點頭回答：

「是啊……反正完全變暗之後也不能再爬了，因為太過危險。但是……就算要在外面過夜，現在這種狀況也完全沒辦法休息吧……」

最壞的打算是以吊在鍊子上的狀態來休息，但現在不但無法製造巖石錐，既有的也大概再過十幾分鐘就會消失了，所以只能再次用兩人的劍當成支點。但是劍的天命能不能撐到早上也還是個問題。

我因為想找個能掛住鍊子的凸出物而不死心地瞪著頭上的牆面。結果——

「啊……」

僅僅八公尺左右的上方牆壁上，不就有形狀複雜的影子等距離往外突出來嗎？太陽下山的同時，纏繞在中央聖堂周圍的雲靄也跟著消失，隱藏在底下的物體也現出了身影。

「喂，那裡……是不是有東西啊？」

我用手指著該處這麼叫道，而腳下的愛麗絲也抬起頭來。她瞇起藍色眼睛並且回答：

「好像是……石像之類的東西吧？但是這麼高的地方為什麼會有石像……明明沒有人看得見啊。」

「這不是重點啦，我們可以坐到上面休息。但是到那裡還有八公……八梅爾。要爬上去的話，還需要三根鐵棒……」

「三根嗎……」

愛麗絲一瞬間露出沉思的表情，但馬上就點頭表示：

「我知道了。這是我為了緊急時刻保留下來的……看來現在就是它派上用場的時候了。」

話剛說完，她便把背靠在牆上，然後將裝備在左手上的護手脫下來。她凝視著在微暗中發出些許金光的防具，接著詠唱起神聖術的起句。

比我順暢數倍的術式詠唱才剛結束就有一道閃光出現——當我回過神來時，護手已經變成三根巖石錐了。和素因生成術相比，愛麗絲的物體形狀變化術可能不需要太多的資源吧，即使周圍的神聖力已經接近衰竭也能發揮出效果。

「請用這個吧。」

愛麗絲對兩公尺上方的我伸長了握著巖石錐的右手。我在立足點上彎起身子，慎重地把貴重的道具接過來。

「謝謝，這下就沒問題了。」

「如果還是不行的話，我身上也還有鎧甲……」

我看了一眼覆蓋在愛麗絲上半身的優美胸甲，然後搖了搖頭。

「不行……那真的要保留到最後了。因為不知道還會需要什麼東西……」

我緩緩站起來，把愛麗絲製造的三根巖石錐的其中兩根插進皮帶內，然後緊緊握住剩下來的一根。

「嘿呀！」

隨著喊叫聲敲下的黃金巖石錐果然和由鋼素生成的完全不同，只見它直接深深地插進縫隙當中。利用早已習慣的攀爬方式爬到上面後，再以救命繩把愛麗絲拉上來。

重複一次同樣的流程後，在微暗當中已經能看清楚剩下距離不到四公尺的謎樣物體究竟是什麼了。

那果然是石像。首先能看見像是要纏繞住中央聖堂般的狹窄露臺往左右延伸，而露臺上則並排著好幾尊相當大型的石像。

雖然在高塔內部看過好幾次女神與天使的莊嚴石像，但是眼前這些與它們完全不同。

雖然是人形，但是雙腳彎曲呈現蹲姿，然後把手臂彎起來放在膝蓋上的外表可以說毫無莊嚴的氣息。除了有肌肉隆起的四肢之外，背上還有宛如刀子般銳利形狀的翅膀。

而且石像的頭部看起來就像異形一樣，彎曲且往前方長長凸出的前端刻有圓形的嘴巴。光看頭的話，會覺得是象鼻蟲之類的動物。

「嗚咿……外表也太噁心了吧。」

我這麼低聲說道。

「咦……！那……那是……黑暗領域的……！」

就在愛麗絲發出驚訝叫聲的下一個瞬間。

我正上方的石像，頭部已經開始往左右兩邊移動，像八目鰻一樣的圓形嘴巴也不停地開合。那不只是雕刻石頭後製造出來的裝飾品。它們——擁有生命。

如果這是現實世界裡的ＶＲＭＭＯ遊戲所設定的任務，那接下來一定就是遭受襲擊的場面了。

但通常只有寫劇本的人本身是超級虐待狂，或者根本是個大外行才會設定這樣的情況。因為身為玩家的我們站在釘在絕壁上不到四十公分的巖石錐上，根本就連動都不能動啊。

註定敗北任務——這不祥的名詞閃過我的腦海，但我馬上就把它給甩開。如果我們真的掉下去，也無法期待會有人帥氣地登場解救我們。現在只能拚命想辦法迴避危機了。不成功的話，我和愛麗絲就會死亡。

當我有所覺悟時，長翅膀的石像已經開始一邊震動一邊改變全身的色彩。原本和牆壁一樣是灰白色的皮膚，從末端開始漸漸變成了深沉的石灰色。

我在牠張開黑色翅膀發出巨大的「啪沙！」聲之前，就已經拔出腰間的長劍。然後盯著石像變成的長翅怪物，直接對兩公尺下方的愛麗絲叫道：

「看來只能在這裡戰鬥了。注意以不掉下去為最優先事項！」

但是我卻沒立刻聽見整合騎士的回應。往下面瞄了一眼後，發現愛麗絲浮現在微暗當中的雪白臉龐露出了驚愕的表情。怎麼可能，為什麼會出現在這裡──這樣的呢喃聲隨著上升氣流傳到我耳朵裡。

知道公理教會所有內情的整合騎士，為什麼會受到如此大的衝擊呢？雖然只聽過傳聞，但我知道最高司祭亞多米尼史特蕾達的性格似乎已經小心謹慎到接近病態的地步了。光是把塔上設定為無法飛行的區域可能還是沒辦法讓她安心，所以就算為了擊退強行攀爬牆壁的入侵者而設置守衛，應該也不是什麼不可思議的事情才對。

眼前的守衛──除了頭部之外，很像現實世界的遊戲裡經常出現的怪物「石像鬼」。這隻怪物目前正用帶著鉤爪的雙手抓住露臺邊緣，然後從圓形的嘴裡「噗咻！」一聲噴出空氣。當我注意到繼最先開始行動的一隻之後，左右兩邊的石像鬼也開始逐漸變色時，忍不住就打了一個寒顫。如果中央聖堂的四面外壁全都配置了這種傢伙，那麼總數很可能超過一百隻。

「真是夠了……！」

我一邊咒罵一邊反轉身體，把背靠在牆壁上並且用劍擺出迎戰姿勢，但光是這樣身體就已經開始劇烈搖晃了。因為立足點只有一根細長的鐵棒。即使是有過舊ＳＡＯ時期經歷的我，也不曾在這種狀況下進行過戰鬥。

根本沒有時間想該怎麼辦——頭上就能聽見啪沙啪沙的翅膀拍動聲。往上一看之下，發現在深藍色天空中盤旋的石像鬼正用位在細長頭部左右兩邊的圓眼睛瞪著我。

怪物比想像的還要大，從頭到腳總共有兩公尺左右。而且腰部後方還拖著與身體差不多長的尾巴。

「噗沙啊！」

石像鬼一邊發出蒸氣從閘門衝出來般的奇怪聲音，一邊轉身急速降落，而我則是拚命盯著牠看。幸好牠似乎沒有遠距離攻擊的能力，所以應該會用長了鉤爪的四肢其中之一來攻擊我吧。究竟會從上下左右的哪一邊攻過來呢——

「——嗚喔啊！」

結果「咻！」一聲像鞭子一樣飛過來的，是前端宛如小刀般銳利的尾巴。完全沒料到會有這招的我只能發出悲鳴並扭過頭部。雖然尖銳的前端還是稍微劃過臉頰，但總算是避開了直擊。

不過我還是因為勉強的動作而失去平衡，站在巖石錐上的身體開始晃動。在眼前盤旋的石像鬼，直接就用尾巴繼續對準拚命想保持平衡的我刺了過來。用左手支撐身體，然後以右手上的劍擋住了尾巴的攻擊。但光是格擋就已經讓我手忙腳亂，根本沒有揮劍砍斷尾巴的機會。

「嗚……」

判斷現在不是保留實力的時候，於是我馬上把左手從牆上移開，拔出其中一隻夾在皮帶上的巖石錐。一邊想著ＳＡＯ時期修練的投劍技能，一邊對準石像鬼的身體中間丟了出去。

雖然沒用多大的力道，但由愛麗絲的護手所製成的巖石錐似乎擁有相當高的優先度，在微暗當中拖著黃金軌跡的短槍就這樣深深地刺進石像鬼的下腹部。

「噗嘰！」

從圓嘴裡噴出黑色血沫後，怪物不規則地拍動翅膀來取得高度。雖然已經造成還算嚴重的傷勢，但很可惜地還是沒辦法擊退牠。石像鬼與昆蟲極為類似的漆黑單眼散發出憤怒的氣息並且直瞪著我。

即使知道現在不是做這種事的時候，但腦袋的角落還是忍不住考慮了起來。那隻異形怪物是由程式所驅動？還是像地底世界的居民一樣擁有人工搖光呢……？

「噗咻————！」

重新發出的巨大怪聲趕跑了我的思緒。新出現的兩隻石像鬼從露臺上起飛，像是要尋找我們的弱點般在天空中劃著圓形的飛翔軌跡。

「愛麗絲！把劍拔出來，怪物也會攻擊妳！」

我一邊喊叫一邊往下方瞄了一眼，結果騎士似乎仍未從原因不明的動搖當中恢復過來。在這種狀態下被襲擊的話，不是被尾巴刺穿就是直接從巖石錐上跌落。

是不是應該趁石像鬼還在觀察情形的期間爬到四公尺上方的露臺呢？但是皮帶上面只剩下一根巖石錐。就算請目前一肚子火的石像鬼歸還刺在肚子上的巖石錐，牠應該也不會理我吧。

三隻利用奇怪噴發聲來威脅人的異形可能終於要再次發動攻擊了吧，只見牠們同時發出極為尖銳的叫聲。

萬不得已的時候，也只有解開救命繩，直接撲向攻擊愛麗絲的敵人了。

一想到這裡，我便用左手探索繫在腰上的鍊子。然後忽然瞪大了雙眼。

鍊子的長度大約是五公尺，目前距離頭上的露臺大約有四公尺——

「愛麗絲……愛麗絲！」

我邊把劍收進劍鞘裡邊用盡全身的力氣大叫。

整合騎士的身體震動了一下，藍色眼睛終於看向我。

「用力抓緊鍊子！」

不知道我要做什麼的愛麗絲皺起眉頭，而我則是用雙手緊握住連結在她劍帶上的鍊子。用力一拉之下，愛麗絲的雙腳立刻騰空。騎士急忙抓住鍊子並發出沙啞的聲音：

「……你該不會……」

「兩個人都活下來的話，要我怎麼道歉都沒關係！」

用力吸了口氣後，我便擠出全身的力氣，用力拉起吊在鎖鏈上的騎士大人——不對，應該說朝正上方丟了上去。愛麗絲的金黃色長髮與純白的長裙隨風飄逸，接著整個人劃出半圓形軌道在空中飛翔。

「呀啊啊啊啊啊！」

想不到還會發出女性化悲鳴的整合騎士就這樣通過石像鬼之間，直接落在四公尺上方的露臺上。如果要用更準確一點的形容詞，應該說一屁股跌坐在上面。在悲鳴結束時，高貴的女性騎士竟然發出不符合身分的「嗚咿」聲，我是不是應該當作沒有聽見呢？

趕鴨子上架的投擲所造成的反動讓我從立足點上掉了下去。如果露臺上的愛麗絲沒有撐住我的話，我們兩個人就會一起掉落到遙遠的地面上。

跌落的瞬間雖然嚇出一身冷汗，但整合騎士果然回應了我的期待，從狹窄的露臺上撐起身子並用雙手握住鎖鏈。她先踩穩雙腳止住我的落下……

「這個臭傢伙……！」

然後隨著充滿怒氣的叫聲用力拉起鍊子。

我就跟剛才的愛麗絲一樣在空中飛了一陣子，當背部用力撞上大理石壁時雖然暫時無法呼吸，但能全身趴在上面的露臺卻有種無比放心的感覺。雖然很想一直躺在久違的水平面上，但側腹部直接就被愛麗絲踢了一腳，於是我只能撐起身體。

「你……你在想什麼啊，這個大笨蛋！」

「有什麼辦法嘛，我也只能這麼……等等再說吧，牠們攻過來了！」

我再次拔出長劍，把劍尖對準三隻往上猛衝的石像鬼。

由於想利用開始戰鬥前的短暫時間確認周圍的地形，於是我便往左右兩邊瞄了一眼。

以接近馬戲團的超人技術爬上去的露臺大約只有一公尺左右的寬度。上頭沒有任何的裝飾，只有簡單的板狀大理石直接從高塔的外壁垂直往外突出。應該說它就只有架子的功能，是為了擺放那些石像鬼用的實用品。

由於愛麗絲也不知道這個露臺的存在，所以我還稍微期待背後的外牆上可能會有門或是窗戶，但很可惜的根本沒有任何孔洞。只能看見尚未生物化的異形雕像們一路排列到遙遠角落的光景。再次確認後就會對它們龐大的數量感到心慌，幸好能活動的石像鬼只有目前朝我們飛上來的三隻。

可能是來到穩定的立足點後感到安心多了吧，只見愛麗絲也鏘一聲拔出了金木樨之劍。但像是仍未解開心中謎題的她，嘶啞的呢喃聲直接就傳進我耳裡。

「……不會錯……但為什麼……會在這裡……」

可能是對拔出來的兩把長劍有所警戒吧，飛到與露臺同樣高度的石像鬼們似乎沒有馬上衝過來的打算。我一邊注視著在空中搖晃的怪物們，一邊質問愛麗絲：

「妳從剛才就一直在意著什麼事情啊？妳看過那些怪物嗎？」

「……嗯，我看過。」

出乎意料之外，愛麗絲馬上給了我肯定的答覆。

「牠們是黑暗領域的暗黑術師們所創造並操縱的邪惡魔物。我們也學那些術師，稱牠們為『米尼翁』。在神聖語中似乎有『手下』或『部屬』的意思。」

「米尼翁……外表看起來就像是來自於黑暗領域沒錯，但是人界最神聖之地的牆壁上為什麼會排滿這種東西呢？」

「我也想知道啊！」

以硬擠出來的聲音大叫完後，愛麗絲便用力咬緊嘴唇。

「……不用你說我也知道這是絕對不可能發生的事。米尼翁不可能躲過整合騎士的監視，穿越盡頭山脈來到遙遠的央都……而且還入侵到中央聖堂這麼高的地方。當然更不可能……」

「當然更不可能是教會內部擁有相當大權力的某個人特別把牠們配置在這裡的……？」

我在無意識中把愛麗絲中斷的發言說完，結果她狠狠瞪了我一眼，但是沒有提出反駁。把視線移回在空中盤旋的三隻石像鬼……不對，是三隻米尼翁身上後，我又再次發問：

「再告訴我一件事。那些米尼翁有智能嗎？會說人類的話嗎？」

感覺同樣把視線移回前方的愛麗絲迅速地搖了搖頭。

「這才是絕對不可能發生的事。米尼翁和生活在黑暗領域的哥布林或半獸人不同，牠們不是生物。是信奉闇神貝庫達的術師們用土塊做出來的使魔，牠們根本沒有靈魂……只了解主人幾個簡單的命令而已。」

「這樣啊……」

我在不被愛麗絲注意到的情況下偷偷鬆了口氣。

雖然相當清楚這只不過是在逃避問題，但我現在還是對殺害與人類同樣擁有搖光的存在感到相當猶豫。

隱者卡迪娜爾說過，只有經過公理教會承認婚姻——應該有專用的系統指令——的男女之間才會有小孩誕生。而黑暗領域的居民應該也不例外才對。這樣的話，不是用神聖術而是以暗黑術生成的米尼翁應該就不是人工搖光，而是和野生動物一樣由程式碼所構成。

有了這樣的概念後，果然就能清楚感覺到米尼翁們類似昆蟲的單眼裡所散發出來的敵意，就跟SAO時期不知道對戰過多少次的怪物一樣有種數位感。可能是狀態由「觀察」轉變成「攻擊」了吧，只見三隻怪物同時用力拍動翅膀飛上高空。

「——要來了！」

我一大叫完就重新握好愛劍。可能是受到剛才賺取的仇恨值影響吧，首先飛過來的就是那隻腹部被黃金巖石錐貫穿的個體。

這次牠不是用尾巴，而是以雙臂的鉤爪連續發動攻擊。雖然牠的攻擊絕對稱不上快速，但是很久沒有對上怪物的我很難抓準攻擊的距離。當我一邊專心用劍彈開鉤爪一邊觀察牠的弱點時，眼角瞄到毫髮無傷的兩隻怪物已經朝著左邊的愛麗絲緊急降落。

「小心，有兩隻過去了！」

明明純粹是基於好意才會警告身邊的女性騎士，但對方回答我的聲音卻相當冷淡。

「你以為我是什麼人啊。」

她迅速沉下腰部，並把金木樨之劍往左一橫。

在微暗中也相當炫目的黃金劍光就隨著「咚磅！」的沉重斬擊聲一閃即逝。

這不是假動作也不是連接技，只是簡單的單發中段斬——以「艾恩葛朗特流」來說就是基本技「平面斬」。但是這記又快又沉的攻擊卻已經讓只是在旁邊看的我嚇出一身冷汗。在第八十層的戰鬥當中，對方之所以能輕易把我逼入絕境，靠得就是這無法迴避也無法防禦，而且擁有壓倒性完成度的攻擊。我因為長年沉浸在ＶＲＭＭＯ裡而養成的連續技至上主義，就被這絕對的威力輕鬆粉碎了。

在揮完劍後便停止不動的愛麗絲面前，兩隻米尼翁的四條手臂就這樣直接落下。接著連怎麼看都在攻擊範圍之外的身體都從胸口附近無聲地分成兩半。

怪物們連悲鳴都無法發出就開始墜落，這時還能看見從牠們手臂與身體平滑的切斷面噴出大量黑色血液。當然，血液一滴也沒有噴到愛麗絲身上。

像是什麼事都沒發生過般撐起身體的整合騎士，以輕描淡寫的諷刺口氣對著只是一直在防守的我說：

「需不需要幫忙？」

「……不，不用了。」

認為至少要展現一點志氣而慎重拒絕了她的提議後，終於看穿了米尼翁攻擊模式的我，直接用腳步躲開了雙手雙腳加上尾巴的連續攻擊。然後對準備拉開距離的敵人使出再熟悉也不過的連續技。

一直以來，我都對地底世界竟然存在跟ＳＡＯ世界相同的劍技感到相當不可思議。雖然花了兩年的時間做出各種推論，但現在還是沒有找出正確答案。ＲＡＴＨ的技術人員可能為了建構假想世界而使用了來自ＳＡＯ的「The Seed」程式套件，但是據我所知，The Seed裡並沒有劍技系統。因為如果有的話，我轉移到Gun Gale Online時應該也會發動劍技才對。

雖然隱居在大圖書館裡的賢者卡迪娜爾可能知道真相，但我一直猶豫該不該向她提出這個問題。因為卡迪娜爾早已很清楚包含自己在內的所有地底世界居民，都是現實世界的企業ＲＡＴＨ為了實驗而製造出來的存在，而且也為自己的命運感到煩惱。試問我又如何能夠大刺刺地提出這個世界是不是建立在某種虛構物之上的問題呢？說起來呢，事到如今劍技的存在理由也不重要了。只要它能充分發揮作用，提供我戰鬥的力量就夠了。

我右手上的劍出現藍色光輝，接著發動水平四連擊技「水平方陣斬」。

「嗚喔……嘿啊啊！」

雖然不是要跟愛麗絲對抗，但隨著有些刻意的吼叫聲砍出去的斬擊也砍掉米尼翁兩臂與尾巴，最後橫向切開牠的身體。因為用力過猛而差點飛出露臺的我拚命穩住身勢，然後看著怪物分成好幾段墜落到下方雲海的模樣。

如果那些肉塊沒有在空中消滅，直接落到在中央聖堂內庭散步的修道士或是什麼人的眼前，應該又會引起一陣騷動吧……當我想到這裡時……

「哦……」

愛麗絲像是看著自己指導的徒弟使出劍技般發出短短的低吟。

把黑劍左右甩了一下後收回左腰的劍鞘——其實很想裝備在背上，但武器庫沒有肩背式的劍帶——然後側眼看著騎士。

「……怎麼了？」

「沒事，只是覺得你的劍技很少見罷了。在夏至祭典的劇場裡表演的話應該可以招攬到不少客人吧。」

「謝謝妳喔。」

這騎士大人也太會挖苦人了吧？心裡這麼想的我露出苦笑，然後正面看著愛麗絲的臉。接著又提出忽然湧現的問題：

「……妳有看過聖托利亞的夏至祭典嗎？那應該是庶民的祭典，就算在修劍學院裡，上級貴族出身的學生也幾乎不會去看耶……」

不過當然也有例外，我擔任隨侍的索爾緹莉娜學姊每年都相當期待這個祭典。當我懷念起這樣的事情時，愛麗絲忽然用鼻子哼了一聲。

「別把我和那些惺惺作態的上級貴族混為一談。我當然……看過…………」

瞧不起人的發言慢慢減速，最後完全中斷。

嘴唇微張的騎士皺起眉頭，像在找尋什麼東西般低下頭去。她接著又抬起失去護手的左手，用指尖押著光滑的額頭。就這樣用力搖了好幾次頭才緩緩抬起臉來的愛麗絲，馬上用有些曖昧的語氣低聲表示：

「沒有……我是從某個修道士那裡……聽說過有這種祭典。因為整合騎士除了執行任務之外……禁止與市民有所接觸……」

「…………」

這也是理所當然的事。整合騎士們雖然相信自己是最高司祭從天界召喚而來的存在，但實際上根本不是。是亞多米尼史特蕾達把智力與武力優於常人的人類從人界帶到中央聖堂裡，藉由「合成祕儀」把他們的記憶封印並且任命為騎士。所以騎士要是隨便到下界去而遇見原來的家人就糟糕了。

愛麗絲的號碼是30，也就是只比今年春天才剛成為騎士的艾爾多利耶・辛賽西斯・薩提汪還要「資深一點」的騎士。她應該是在這一年內才接受合成，但她八年前就被從盧利特村帶到這裡來，所以應該有長達七年的空白期間。

這段期間愛麗絲究竟在中央聖堂裡過著什麼樣的日子呢……我不知道她是以修道女見習生的身分學習著神聖術，還是被亞多米尼史特蕾達「凍結」起來了。但說不定她在變成騎士前，曾經去參觀過夏至祭典。應該被封印起來的記憶，可能因為剛才的對話而一瞬間甦醒了——

如果是這樣的話，現在繼續詢問關於夏至祭典的事情，說不定就能像和艾爾多利耶戰鬥時那樣，除去封印住愛麗絲記憶的「敬神模組（Piety module）」。

一想到這裡，我馬上就準備開口。但剛吸了口氣，便又用力咬緊牙關。

卡迪娜爾曾經說過，要把騎士愛麗絲變回尤吉歐的青梅竹馬愛麗絲·滋貝魯庫，光是移除敬神模組還是不夠。還必須有最高司祭從愛麗絲身上奪走的「最重要的記憶碎片」才行。所以現在就算移除了敬神模組，也只會讓她瞬時失去意識而再也無法行動。在不知道什麼時候還會出現敵人的情況下，絕對要避免這種事情發生。

說起來呢，愛麗絲就算看見盧利特村時代一起度過那麼長一段日子的好友尤吉歐也沒有任何動搖的表情。也就是說她的記憶封印相當堅固。所以靠夏至祭典這種程度的話題除去模組的可能性相當低，可能反而會讓她增加對我的警戒心。

愛麗絲有些疑惑地看著因為陷入沉思而不發一言的我，最後像是又注意到什麼事情般再次皺起眉頭。

「米尼翁的血會帶來疾病，快把它擦掉吧。」

「嗯？喔……」

在愛麗絲的指責下，我才發現左臉頰上沾了幾滴怪物噴出來的血。當我準備用上衣的袖子擦拭味道不怎麼好聞的液體時，一道嚴厲的斥責聲又飛了過來。

「喂！」

已經多少年沒被人這樣發過脾氣了呢……當我正因此而說不出話來時，愛麗絲已經用相當焦躁的眼神瞪著我說：

「真是受不了，男生為什麼都這樣……你身上連一條手帕都沒有嗎！」

我急忙摸了一下褲子的口袋，結果右邊是空空如也，左邊則塞了手帕以外的東西。於是我只能縮起脖子，小聲地回答：

「我……我沒有手帕……」

「……算了，你用這個吧。」

愛麗絲從純白裙子的某處拿出一條同樣是純白的手帕，然後露出打從心底感到厭惡的表情把它遞給我。

反正本來就被當成小學生了，這時候乾脆拉起騎士大人的裙子來擦臉好了——雖然一瞬間有了這種想法，但我隨即就做出這只會讓自己被殺掉的結論而打消了念頭。

心懷感謝地接過帶著細緻蕾絲滾邊的純白手帕，畏畏縮縮地擦拭臉頰後，發現它似乎施有去汙的術式，簡直就像有吸力般把米尼翁的血液擦得一乾二淨。

「謝謝。」

強行壓抑下想補一句「老師」的心情並且把手帕還給對方，結果騎士大人哼一聲把頭別開了去，然後丟出一句——

「在被我殺掉之前，把它洗乾淨再還我。」

我頓時有種前途多難的感覺。究竟要怎麼做才能說服這個騎士大人，讓我們回到塔內也不必戰鬥並順利和尤吉歐會合呢？

腦袋裡一邊描繪伙伴正小心翼翼往上爬的模樣一邊到處看了一下，結果發現天空中的殘光不知不覺間已經完全消失，還可以看見許多星星開始閃爍。雖然好不容易才擊退米尼翁，但在月亮升起，稍微補充一些空間神聖力之前應該都沒辦法製造巖石錐了吧。

把愛麗絲的手帕收進右邊口袋後，這次換成環視狹窄露臺的左右兩側。看來只要不繼續靠近的話，從數公尺之外一直排列到牆面轉角處的石化米尼翁就不會有所行動。雖然衝過去後用劍砍擊要害就可能在牠解除石化前將其破壞，但冒著危險做出這樣的嘗試似乎沒什麼好處。

結果在月亮升起之前的這幾個小時裡，我們也只能乖乖待在目前的位置上了。

雖然很想坐下來休息，但這段期間內不能惹愛麗絲生氣對我來說實在是相當困難的任務。

我一邊把嘆息吞下肚子，一邊想著該如何對把臉轉到另一邊去的整合騎士搭話。

第十章　整合騎士長貝爾庫利　人界曆三八〇年五月

自己已經有很長一段時間忘了孤獨是怎麼回事。

獨自走上長長階梯的尤吉歐在心底深處這麼呢喃著。

從八年前眼睜睜看著愛麗絲被綁在飛龍腳上帶走的那個夏天開始，尤吉歐就過著封閉眼耳以及心房，只在森林裡揮動斧頭的日子。因為包含家人在內的所有村民，好像都把村長的女兒被整合騎士抓走這件大事當成一種禁忌般完全不去討論這個話題——甚至還避開原本是愛麗絲好朋友的尤吉歐。

不過尤吉歐本身也跟村民一樣，不斷逃離那個事件的回憶。同時不願承認自己的軟弱與膽小，只能藉由深深沉沒在名為放棄的泥沼裡，持續地逃避過去與未來。但是——

兩年前的春天，身無長物獨自出現在森林裡的少年拚命將尤吉歐從無底泥沼裡拖了出來。他們一起擊退了哥布林集團，砍倒了基家斯西達，最後還再次給予尤吉歐自信與目的。

離開盧利特村後，在從薩卡利亞到央都的這段漫長旅途裡，以及修劍學院當中的每一個日子——桐人他都一直待在自己身邊。雖然與原定計畫有相當大的差異，但之所以能成功入侵最終目標公理教會中央聖堂，並且越過重重障礙來到這麼高的地方，無疑都是靠黑髮伙伴的引導與鼓勵。

但是在快要到達最上層時，桐人卻從尤吉歐的視線當中消失了。在與青梅竹馬愛麗絲·滋貝魯庫被給予虛偽記憶後創造出來的整合騎士愛麗絲·辛賽西斯·薩提的激鬥當中，桐人與騎士的武裝完全支配術混合後產生了異常的力量，把中央聖堂的牆壁打穿了一個大洞。

兩人瞬間被吸到塔外面，接著大洞就恢復成原本的牆壁了。尤吉歐雖然想盡辦法要再次破壞牆壁，但不論是用藍薔薇之劍用力砍，或者是施放能使用的術式裡帶有最大威力的燃素系攻擊術，都沒辦法讓大理石牆壁出現任何傷痕。

中央聖堂的外壁應該施有永久性的自動修復術。那是以尤吉歐的知識根本連第一行都想不出來的超高級神聖術。所以就算再怎麼努力讓牆面凹陷一限的距離，它也會馬上就恢復原狀吧。桐人和騎士愛麗絲的完全支配術之所以能讓牆壁一瞬間出現大洞，應該是因為威力超出在外壁施加自動修復術的術師想像的緣故。

反過來說，擁有如此力量的兩個人，就算被吸到牆壁外面去應該也不會死才對。而且桐人對於突發狀況的應變能力確實遠優於眾多高等的整合騎士。他應該會想辦法阻止墜落，現在一定已經開始從塔的外側往上爬了。而且騎士愛麗絲應該也跟他在一起。

現在的愛麗絲是公理教會的絕對守護者，所以不可能會幫助桐人，但只要桐人攀爬牆壁她應該就會追上去才對。只要能在上層的某處和兩個人會合，就一定會有機會使用卡迪娜爾交給自己的短劍。

如此堅信的尤吉歐打開第八十層「雲上庭園」南側的門，獨自從巨大階梯往上爬。這時候還必須一直甩開從落單之後就不停想要爬到背上的膽怯與無力感。

由於不知道什麼時候會遭受新的敵人襲擊，所以尤吉歐捨棄奔跑而改為慎重地往上爬，但通過八十一、八十二層後也沒有感覺到任何人的氣息。

之前的戰鬥裡，總共擊退了「霜鱗鞭」艾爾多利耶、「熾焰弓」迪索爾巴德、騎士見習生費賽爾與里涅爾，「天穿劍」法那提歐與她屬下的「四旋劍」等合計九名整合騎士，但塔內應該還有被稱為「騎士長」與「元老長」的人物，以及最高司祭亞多米尼史特蕾達在等著自己。

雖然公理教會……不對，人界最偉大的最高司祭應該不可能忽然出現，但騎士長與元老長也不可能讓自己輕易爬到最上層。因此尤吉歐只能將神經緊繃到臨界點，然後把手放在藍薔薇之劍的劍柄上慎重地往上爬，但腦袋裡總是會浮現多餘的想法。

桐人和騎士愛麗絲現在在做什麼呢？

愛麗絲會不會正追著攀爬外壁的桐人呢？還是說依然吊在塔的牆壁上進行著戰鬥？又或者是……桐人這個人的不可思議魅力，也能讓沒辦法套關係的整合騎士愛麗絲放下手中的長劍呢……？

一想到這裡，尤吉歐便感覺內心湧出一股不熟悉的感情。在這個契機下，幾個小時之前，準備對倒在地上的整合騎士迪索爾巴德揮劍時的糾葛也再次浮現。

得知迪索爾巴德正是八年前把愛麗絲從村子裡帶走的人後，尤吉歐在憤怒與憎恨的驅使下想結束騎士的生命。但是卻遭到桐人的制止，那個瞬間，尤吉歐便對好友有了強烈的自卑感。

他心裡想著，如果是你的話，那個時候一定不會像我一樣只在旁邊看。一定會奮不顧身地攻擊騎士來拯救愛麗絲吧。

桐人的堅強與溫柔說不定能夠打動整合騎士愛麗絲的心。當然現在的愛麗絲記憶已經被最高司祭奪走，可以說只是一個冒牌貨。但是……連迪索爾巴德以及讓自己身負瀕死傷勢的副騎士長法那提歐都想拯救的桐人……說不定可以……

「——不會的。」

尤吉歐低聲說完後，隨即強行打斷了自己的思考。

繼續胡思亂想根本沒有意義。只要取回保管在中央聖堂最上層的「記憶碎片」，讓靈魂回到整合騎士愛麗絲身上，現在的愛麗絲就會隨著身為騎士時的記憶一起消滅。然後對尤吉歐來說最為重要的正牌愛麗絲就會回來了。

這次自己一定要緊緊抱住醒過來的她，然後告訴她……我會保護妳……會永遠保護妳。明天，甚至可能是今天晚上，那個瞬間就要來臨了。

所以現在正是屏除一切雜念，專心往前進的時候。

當從中央聖堂某處傳來的鐘聲宣告已經是晚上七點的同時，樓梯也中斷了。

每經過一個樓層就往上加的數字剛好來到十。也就是說，這裡是第九十層。自己終於來到公理教會的中樞部分了。

寬廣的大廳裡看不見通往上一層的樓梯。只有北側牆上有一扇巨大的門。門後應該和五十層與八十層一樣，是使用了整個樓面的巨大空間。

然後，裡面一定有更強的敵人在等著自己。

——我自己一個人真的能獲勝嗎？

站在大廳邊緣的尤吉歐這麼自問。接下來的敵人比把桐人逼至半死不活境界的法那提歐，以及合兩人之力都無法與之抗衡的愛麗絲還要強，自己該如何與其對戰呢？

不過現在想起來，就能發現之前的戰鬥都是由桐人獨自承受敵人的攻擊。尤吉歐都只是躲在伙伴背後發動完全支配術而已。雖然桐人表示從兩人技能的性質來判斷的話，本來就應該採取這種作戰，但是現在他已經不在這裡，尤吉歐只能靠自己戰鬥到最後了。

他輕輕撫摸了一下左腰上的藍薔薇之劍，感覺劍柄與劍鍔的觸感。自己應該還能再使用一次武裝完全支配術，但胡亂發動的話冰霜蔓藤也沒辦法捕捉到敵人。首先還是得以劍技把敵人逼入絕境，然後創造出使用術式的機會。

「要上囉……」

靜靜對愛劍這麼呢喃完後，尤吉歐便舉起右手，用力推開白色大門。

馬上就有明亮的光線、濃密的白煙，以及連續響起的低音朝他湧來。

──神聖術的攻擊嗎？

尤吉歐反射性浮現這樣的想法並準備飛退，但馬上就注意到流出來的白色靄氣不是煙霧而是水蒸氣。接觸到它們的手與袖子也只是變得潮濕，完全沒有痛楚。於是他便透過捲動的熱氣確認內部的情形。

果然不出所料，裡面是用了中央聖堂一整層樓面積的大廣場，掛著無數油燈的天花板也相當高。這裡應該有個類似「靈光大迴廊」與「空中庭園」的名字才對，但現在沒辦法知道它的正式名稱。雖然地板附近被水蒸氣擋住而看不清楚，但是目前仍未感覺到有其他人的氣息。

尤吉歐往廣大的空間裡走了幾步，試著要找出水蒸氣的來源。結果不是由眼睛，而是耳朵注意到嘩啦嘩啦的水聲。從遠處傳過來的巨響應該也是大量的水快速沖擊水面造成的聲音。

這個時候，開始有冷空氣從打開的門流進來，也因此將周圍的水蒸氣吹散。

從尤吉歐所站的地方，有一條幅度五梅爾左右的大理石通道筆直往大廳深處延伸。通路兩旁呈階梯狀下陷，而且注滿了透明的水──不對，是熱水。深度應該有一梅爾以上，如果這個大廳全都注滿熱水的話，實在很難想像總量有多少利爾。

「……這個房間到底是……」

超乎想像之外的光景讓尤吉歐發出沙啞的聲音。

如果是飼養魚的池子，水溫又太高了。如果是觀賞用的庭園，這樣的濕氣也會讓人不舒服。應該說乾脆脫掉衣服泡進熱水裡還比較痛快——

「啊……難……難道……」

再次低聲說完後，尤吉歐便跪在通道旁，並且把右手伸進熱水裡。如果桐人也在這裡，這不會太冷也不會太熱的水溫一定會讓他嚷著「真適合泡澡」。

也就是說，這是一座超巨大的浴池。

「…………」

不知道該說些什麼的尤吉歐只能用膝蓋撐著身體並且呼出長長的一口氣。

一直生活到兩年前為止的盧利特村老家裡，泡澡的桶子只不過算是較大型的臉盆，當最後洗澡的尤吉歐泡進去時，水大概都只剩下一半而已。因此第一次見到學院宿舍裡的大浴場時，嚇了一大跳的他頓時想著到底要怎麼燒開這麼大量的熱水。

但是這個浴場又更誇張了。就算修劍學院的所有劍士一起來泡澡，它應該還是有相當寬裕的空間。等等，當然男女學生根本不可能一起泡澡就是了。

再嘆了口氣的尤吉歐順便用熱水洗了雙手，然後壓抑下洗臉的衝動站起身子。認為通往上層的樓梯應該在大廳深處的尤吉歐隨即在大理石通道上走了起來。再怎麼樣也不可能在浴場遭到襲擊——

因為抱持著這種觀念，讓他遲了一會兒才注意到情況不太對勁。

通路在大廳……不對，應該說在大浴場的中央膨脹成圓形。靠近該處時，尤吉歐終於發現飄盪在前方右側的水蒸氣後方有某個人的影子。

「——！」

他反射性往後飛退，然後把手放到劍柄上。

雖然因為水蒸氣的阻礙而看不清楚，但是對方相當高大。從一頭短髮看來應該不是女性。他肩膀以下都泡在熱水裡，而且還伸展著手腳。

雖然看起來不像是埋伏，單純只是在這裡泡澡，但還是不能掉以輕心。不論狀況如何，他依然是自己的敵人。這樣的話，是不是該趁對方還在水裡時先發制人呢？

當尤吉歐想悄悄拔出愛劍的時候——

「抱歉，可不可以再等一下？因為我才剛回到央都，一直坐在飛龍身上讓我全身僵硬得要命。」

聲音雖然低沉又沙啞，但是相當清晰。另外在中央聖堂裡遇見的人當中最為粗魯的用詞遣字也讓尤吉歐說不出話來。那種粗獷的氣息，讓人覺得他根本不像騎士，這時尤吉歐反而想起故鄉的那些農夫們。

當尤吉歐不知道該如何反應時，水聲隨即響起，接著覆蓋巨大浴池的水蒸氣往左右散開。聲音的主人正一邊站起身子，一邊從身上灑落瀑布般的水滴。他背對著尤吉歐，把手放在腰部並且不停轉動脖子，接著又發出「唔唔～」這種絲毫沒有緊張感的沉吟。雖然看起來滿是破綻，但手已經放在劍上的尤吉歐卻連一步都無法動彈。

竟然會有如此魁梧的身體。雖然膝蓋以下還在熱水當中，但很明顯可以看出男人的身高將近兩梅爾。鐵灰且帶點藍色的頭髮剪得相當短，讓他驚人的粗壯脖子整個外露。而且下方的肩膀也異常寬大。有如木樁的上臂應該能夠輕鬆揮動任何的大劍吧。

最引人注目的是他被好幾層肌肉覆蓋住的背部。尤吉歐在學院擔任隨侍的哥魯哥羅索．巴魯托也以鍛鍊出來的完美肉體為傲，但浴池裡的男人比他壯了一倍以上。雖然看起來不怎麼年輕，但腰部附近完全沒有多餘的贅肉。

由於被他那足以媲美古代戰神的站姿所吸引，所以尤吉歐完全沒有注意到縱橫男人全身的無數傷疤。再次注視之後，就能發現它們全是刀傷與箭傷。就算受到重傷，只要迅速使用高等神聖術進行治療就不會留下傷疤，所以他應該是歷經了許多場根本無法這麼做的艱苦戰役吧。

這名站在浴池裡的男人，應該就是被稱為騎士長的人物了。

也就是說，他是所有整合騎士當中實力最強的人。同時也是以中央聖堂頂樓為目標的尤吉歐必須面對的最大阻礙——

這樣的話，就應該趁這個男人沒有武器與防具的時候先發動攻擊來打倒他才對。如果是桐人的話一定會這麼做吧。尤吉歐腦袋裡雖然這麼想，但還是沒有任何行動。

因為無法判斷男人的背部究竟全是破綻，還是他其實已經做好了萬全準備。尤吉歐甚至覺得他是故意引誘自己發動攻擊。

男性似乎完全不在意感到猶豫的尤吉歐，放鬆完筋骨後，便在浴池中製造出嘩啦嘩啦的水聲音往北邊走去。原來往前一點的通路上放著裝有衣物的籃子。

男人大步走上呈樓梯狀往上升的浴池邊緣，然後從籃子裡拿出內褲來穿了上去。他接著又攤開單薄的上衣並披到身上。那看來應該是東帝國產的服裝，只見男人在前面併攏的布料上捲了一條寬腰帶，然後才終於把臉面向尤吉歐。

「嘿，讓你久等了。」

剛毅的面容的確很適合那道低沉且沙啞的聲音。

出現在嘴角的深刻皺紋，顯示出男人在成為整合騎士時應該已經超過四十歲的事實，但高挑的鼻梁與瘦削的臉頰卻沒有絲毫老態。不過讓人印象最為深刻的，應該是他豪邁眉毛下方所發射出來的目光。

淡藍色眼睛裡明明沒有散發出什麼強烈的殺氣，但距離他十五梅爾以上的尤吉歐還是感到強烈的壓力。視線裡透露出來的，是單純對接下來要對戰的敵人感到好奇，以及對戰鬥本身所感覺到的喜悅吧。能夠用這樣的眼神注視敵人，是因為他對自己的劍技有絕對自信的緣故。也就是說，這個男人與桐人有點類似。

在身體前方綁完腰帶後，男人便將右手朝著籃子伸去。結果籃子底下馬上浮起一口長劍並且進到他強壯的手中。他接著就把劍扛到肩膀上，然後光腳大步踩著大理石前進。

來到距離尤吉歐僅僅八梅爾左右時便停下腳步，一邊摸著長有短鬚的粗獷下巴一邊說道：

「那麼……在和你交手前，可以先告訴我一件事嗎？」

「……什麼事？」

「就是……副騎士長……法那提歐死掉了嗎？」

他就像在問晚餐吃些什麼的冷淡語氣，讓認為她可是你屬下的尤吉歐感到不高興。但尤吉歐馬上又發現到把視線移開的男人，臉上露出拚命想隱藏真心的表情。內心明明相當在意，但是卻不願意被人看透。這種個性又再次讓尤吉歐想起不在現場的伙伴。

「……她還活著。現在……應該在接受治療。」

聽見尤吉歐的回答，男人隨即深深呼出一口氣並且點頭說道：

「這樣啊，那麼我也不會取你的性命。」

「什麼……………」

尤吉歐再次說不出話來。對方的自信已經強烈到讓人不會產生他是在虛張聲勢的想法。桐人曾經說過，相信自己的心情本身就能變成強大的武器，但就連他也不曾在強敵面前展現過如此的自信。難道說眼前的壯漢，堅若磐石的自信心是來自於桐人與尤吉歐都沒有的經歷——從無數場足以讓全身布滿傷痕的激鬥中獲得勝利培養出來的嗎？

尤吉歐戰鬥的經驗雖然遠不及對方，但是來到這裡的路上也數次擊退了和男人一樣是整合騎士的敵人。在交手前就先感到膽怯的話，那又怎麼對得起打倒的騎士、鍛鍊尤吉歐的哥魯哥羅索與學院的教官們，還有那個黑髮的伙伴呢？

尤吉歐提振起全身的鬥志，從正面瞪著男人。接著為了不讓聲音顫抖，直接就在氣灌丹田的情況下說道：

「我快聽不下去了。」

「哦哦？」

右手依然插在東洋風服裝懷裡的男人發出感到有趣的聲音。

「少年，什麼事讓你快聽不下去呢？」

「你的部下不只有法那提歐小姐而已吧。艾爾多利耶先生和『四旋劍』的那些人……還有愛麗絲的生死就不關你的事嗎？」

「喔……是這件事啊。」

男人把臉往上抬，用握在左手上的長劍劍柄摩擦側頭部。

「怎麼說呢……艾爾多利耶他是愛麗絲大小姐的徒弟，四旋劍的達基拉、傑斯、何布雷、基羅是法那提歐的徒弟。然後法那提歐又是我的徒弟。雖然我不喜歡因為怨恨之類的原因而戰鬥，但徒弟被殺掉的話，我還是應該幫她報個仇吧，事情就是這麼簡單。」

他咧嘴笑了一下後，又加上一句忽然想到的話：

「……不過，愛麗絲大小姐可能也把我當成師父吧……老實說，如果是六年前大小姐剛當上騎士見習生的時候就算了，現在認真對戰起來的話，誰會贏還不知道呢。」

「六年前……騎士見習生……？」

尤吉歐瞬間忘了對男人的反感而低聲這麼說道。

如果是六年前的話，也不過就是從盧利特村被帶走的兩年後。在爬樓梯的途中，桐人曾經跟自己說過騎士姓名之內包含了神聖語的「編號」，愛麗絲是三十，艾爾多利耶是三十一，而迪索爾巴德好像是七。從編號的排名來看，還以為愛麗絲當上整合騎士的時間並不長——

「……但是，愛麗絲是thirty……也就是第三十名整合騎士吧？」

尤吉歐的問題讓男人微微歪了一下脖子，但馬上發出「嗯」的聲音。

「原則上，見習生是不會有編號的。大小姐是去年正式被任命為騎士時，才獲得三十的編號。雖然六年前她的實力就足以擔任騎士，但實在太年輕了……」

「但是……費賽爾和里涅爾明明是見習生，她們怎麼就有編號呢？」

一聽到這兩個名字，男人就像咬到熊膽一樣嘴巴整個扭曲起來。

「……那兩個小孩子當上騎士的經歷有點不太一樣。所以破例讓她們在還是見習生的時候就有編號。你──已經和她們戰鬥過了嗎？想不到你還能活下來，這在另一種意義上比贏過法那提歐還更讓我驚訝。」

「我被『魯貝利魯毒鋼』麻痺，頭差點就被她們砍下來了。」

尤吉歐一邊回答，一邊繼續思考著。

男人知道愛麗絲還是騎士見習生時期的種種事情。這樣的話，愛麗絲遠在六年前……也就是十三歲的時候就被「合成祕儀」封印記憶了嗎？之後愛麗絲就一直相信成為整合騎士的自己是從天界被召喚過來的存在，然後一直生活在中央聖堂裡嗎……

魁梧巨漢看著默默不語的尤吉歐，聳了聳肩後表示：

「我不認為自己會輸給你，所以也覺得跟我差不多強的大小姐應該不會被你幹掉才對。元老長那傢伙說你好像還有個伙伴嘛。他既然不在這裡，應該就是還在某處和大小姐對戰吧。」

「……大致上沒錯。」

像被對方影響般點了點頭後，尤吉歐隨即重新用力握住劍柄。雖然敵意一直被男人的談話削弱，但現在可不是放鬆的時候。尤吉歐雙眼更加用力，接著丟出挑釁的發言：

「順便問一下，幹掉你之後會有誰來找我報仇？」

「呵呵，放心吧。我沒有師父。」

咧嘴一笑後，男人便用右手緩緩拔出離開肩上的長劍。然後隨手把留在左手上的劍鞘插到寬大腰帶上。

帶著些微黑色的厚重劍身雖然經過仔細的研磨，但滿布的舊傷痕還是在反射天花板的照明後發出閃閃光芒。劍鍔與劍柄似乎也是用跟劍身相同材質的鋼鐵製成，不過和之前戰鬥過的整合騎士所攜帶的神器不同，上面完全沒有華麗的裝飾。

但遠看就知道它絕對不是能掉以輕心的武器。它應該在超乎想像的漫長歲月裡，吸收過大量的血液了吧，感覺有種妖氣般的東西纏繞在暗沉的劍刃上。

輕輕吸了口氣之後，尤吉歐也拔出了左腰上的愛劍。雖然不是處於完全支配狀態，但可能是反應出主人的緊張吧，只見淡藍色劍身微微散發出凍氣，讓周圍的水蒸氣變成了閃閃發亮的冰粒。

男人以符合他壯碩身材的豪爽動作，一邊把右手的劍舉到近乎垂直的角度，右腳一邊往後退了一步，最後又重重地沉下腰部。姿勢看起來跟諾魯基亞流的祕奧義「雷閃斬」十分類似，但還是有點不同。把劍擺得那麼直的話，在發動劍技前還需要多餘的動作。

有了這種感覺的尤吉歐，直接擺出艾恩葛朗特流祕奧義「音速衝擊」的姿勢。

就尤吉歐所知，只有兩個傳人的謎樣艾恩葛朗特流裡，所有祕奧義都有神聖語的技名。神聖語是三女神在創世時代傳授給公理教會創始者的神聖語言，甚至連修劍學院的圖書室裡——據教官表示，連四皇帝居住的城堡裡也沒有神聖語的字典存在。

所以其他人只能了解用在神聖術術式上的單字。因此尤吉歐在學院裡雖然算相當認真的學生，但也只懂得「素因（element）」與「生成（generate）」這些有限的單字。

不過桐人明明完全忘記兩年前出現在盧利特村之前的事情了，但倒是知道許多連尤吉歐也不懂的神聖語。其中當然也包含了用來表示祕奧義的神聖語，像音速衝擊（Sonic Leap）就是「以聲音的速度跳躍」的意思。雖然不知道聲音究竟有多快，但這招正如名字所顯示的一樣，是能夠以驚人速度衝過十梅爾左右的遠距離來攻擊敵人的強力劍技。只要在敵人為了縮短距離而踏出第一步的瞬間發動，幾乎就一定能搶得先機。

看見尤吉歐放鬆全身力道，把劍放在右肩上的姿勢後，男人的眉間又出現了新的皺紋。

「很少看見這個姿勢啊，少年。難道說……你會連續劍法嗎？」

「…………！」

當聽見他丟出這個問題的瞬間，尤吉歐立刻猛然吸了口氣。

嚴格說起來，尤吉歐準備使用的音速衝擊其實是單發的祕奧義。但是以人界流傳的流派裡不存在這個技巧的層面來看，它就跟艾恩葛朗特流的精髓連續技一樣稀有。光看起手式就能知道這一點，在在表示出這個男人絕非泛泛之輩。

但是就算知道尤吉歐會使用連續技，只要男人過去不曾和喪失記憶前的桐人戰鬥過，就不可能看破艾恩葛朗特流的劍招才對。

「……就算我會用連續技又怎麼樣呢？」

低聲反問之後，男人便用鼻子哼了一聲。

「沒有啦，黑暗領域的暗黑騎士裡也有人會使用連續劍法，我曾經和他對戰過好幾次。那不是什麼太好的回憶……因為我完全不會用什麼靈巧的劍技啊。」

「……也就是要我也用正統流派來作戰的意思嗎？」

「不是不是，不管是連續劍法還是什麼，盡量用你喜歡的劍招沒有關係。雖然不是交換條件，不過我也要從一開始就拿出壓箱寶了。」

揚起單邊的嘴唇笑了一下後，男人就把右手上筆直舉著的長劍高高往上抬起。

下一刻尤吉歐便再次屏住了呼吸。因為身經百戰的灰色劍身像是幻影般搖晃了起來。原本以為是因為受到大浴場裡水蒸氣影響的緣故，但無論再怎麼定眼凝神，長劍看起來還是像變軟了一樣。

——難道那把劍早已是完全支配狀態了？

依然擺著祕奧義姿勢的尤吉歐拚命思考著。

雖然剛從不可思議的賢者卡迪娜爾那裡學會「武裝完全支配術」，但經過幾次的實戰後，尤吉歐也更加深了對這個祕術的理解。

在賦予長劍更強力量的意義上與祕奧義相當類似，但完全支配術畢竟還是屬於神聖術，所以需要經過詠唱。因此也跟一般神聖術相同，在詠唱完術式內容並且用「Enhance armament」這句結句發動技能之前，可以暫時讓術式保持在待機狀態。

而神聖術的發動待機狀態能保持多久的時間，則是取決於施術者的素質與熟練度。尤吉歐在閉起嘴巴並集中精神的情況下可以保持數分鐘的時間，但在緊要關頭總能發揮出驚人集中力的桐人甚至曾經在保持術式的情況下跟人對話。

雖然不了解眼前巨漢的完全支配術是什麼樣的技巧，但光從他能在發動待機狀態下說了這麼長的一段話，就能知道他是相當厲害的術者。相對的尤吉歐到現在都沒有詠唱術式的時間，而且在這個充滿熱水的空間裡，冰薔薇之術也無法發揮原本的力量。

這樣一來，就只剩下一條路可走了。就是在男人使出祕奧義——或者是發動完全支配術的一瞬間利用音速衝擊發動攻擊來分出勝負。對方應該預測尤吉歐將發動連續技攻擊，所以應該無法對應超高速的跳躍攻擊才對。

下定決心後，尤吉歐便將集中力灌注在雙眼來凝視男人的全身。

敵我之間的距離大約是八梅爾。

諾魯基亞流以及它的上位流派海伊・諾魯基亞流裡都不存在能在這種距離下擊中對方的祕奧義。所以，如果他站在目前的位置直接揮劍的話，男人口中的「壓箱寶」應該就是能延長斬擊距離方面的武裝支配術。自己必須先盡力躲開這個術式，然後以逆襲的一擊來決定勝負。

正如尤吉歐所預測的，男人直接站在原地，然後將右臂舉成垂直的劍緩緩揮落。這時從他笑容消失的嘴裡也迸發出足以震動整個大浴場的巨大聲音。

「整合騎士長——貝爾庫利・辛賽西斯・汪，進招了！」

好像聽過這個名字——這樣的想法一瞬間閃過腦海，但尤吉歐馬上屏除雜念，只把精神集中在辨認敵人的劍招上。

在「滋」一聲沉重的聲音過後，自稱騎士長的男人左腳便用力踩在大理石地板上。周圍的水蒸氣也一口氣被吹散。

他以速度驚人，但是又相當悠閒的動作來旋轉強壯的腰部、胸部、肩膀以及手臂。原本筆直高舉的劍首先往右側倒，接著直接橫掃出來。尤吉歐感覺這正是正統流派劍技的究極姿態。是只有經過長年累月的修練才能實現的，粗獷但卻又無可挑剔的動作。

但是所有正統劍技都有共通的弱點。因為「招式」過於一板一眼，所以能夠預測出攻擊的軌道。當騎士長的劍水平撕裂白色水蒸氣時，尤吉歐已經往左前方跳去。就算完全支配狀態的劍能夠發出遠距離的攻擊力，他應該也可以在千鈞一髮的距離下避開才對。

右耳邊的空氣產生了些許震動。但是完全沒有感覺到痛楚與衝擊。

——躲開了！

如此確信的尤吉歐在踏出下一步時發動了祕奧義音速衝擊。

「喔……喔喔喔！」

發出吼叫聲的同時，劍身也出現了黃中帶綠的光芒。全身被透明力量加速之後，尤吉歐就像一陣疾風般朝著揮完劍的騎士長衝去。

剛才避開的劍風在背後撞上了大浴場的門後發出了巨大的聲音——……

不對。

聽不見任何聲響。連一點震動都感覺不到。

騎士長發出的斬擊有那麼慢嗎？還是說在抵達背後的大門前就消失了？

不可能吧。這樣的話，騎士長這名比迪索爾巴德與法那提歐還強的男人，所發出的武裝完全支配術不就比一個月前才剛成為騎士的艾爾多利耶還要弱嗎？艾爾多利耶的「霜鱗鞭」能夠以閃電般的速度攻擊遠在十梅爾外的敵人。

不可能有這種事情才對。難道說，這名騎士長的技巧不是遠距離系的攻擊嗎？但是，事實上尤吉歐真的沒有受到任何傷害。

這樣的話，這個男人剛才不就只是揮了一下長劍嗎？就跟學生在修劍學院的考試裡一樣，只是在表演劍招。

——他是在調侃我嗎？

——還是說，他認為光是揮一下劍，就能嚇退我這個還在上學的小孩子呢？

浮現這種想法的瞬間，腦袋的中心隨即開始血氣上湧。

因此當他發現時，一切都已經來不及了。

拖著祕奧義光芒往前突進的尤吉歐前方，也就是剛揮完劍的男人眼前似乎存在著某種東西。那是呈一直線橫跨空中的透明物體。就像在開始斬擊前，包圍在男人長劍周圍的搖動幻影一般。

——那裡就是……剛才那傢伙揮劍所砍的位置……

背上立刻閃過一道惡寒。雖然反射性想停下突進，但開始發動的祕奧義當然不是那麼容易就能停止。於是他只能拖著劍，用右腳摩擦地面來稍微降低一些速度——

下一刻，尤吉歐的身體就和停留在空中的幻影重疊在一起。

灼熱的衝擊立刻從尤吉歐左胸穿透到右側腋下。他就像被疾風吹起的破布般往後飛退，然後在空中轉了好幾圈。同時也有大量血液一邊旋轉一邊從烙印在他胸口的深邃傷口噴出。

最後整個人背部往下地落在通路左側的浴池當中。先是濺起高高的水柱，當一切甫平靜下

來，周圍的熱水馬上就被血染紅了。

「咕……啊……！」

把吞入喉嚨深處的熱水吐出來後，發現這些飛沫也都染紅了。看來肺部也受到了損傷。如果在碰到幻影前沒有稍微減低速度，身體可能已經被砍成兩半了。

「System……call。Generate……luminous element……」

身體浮在浴池上的尤吉歐斷斷續續地詠唱治癒術。幸好周圍還有大量的溫水。它們儲蓄的神聖力應該比冷水多出許多才對。只不過以尤吉歐的能力來說，要在短時間內施術治療如此嚴重的傷勢根本是不可能的事。

尤吉歐好不容易止血成功，搖搖晃晃地站起身來，這時站在通道上的騎士長就悠然低頭看著他。他的劍已經收回左腰的劍鞘，右臂也伸進衣服的懷裡。

「剛才真的有點危險。因為沒想到你會用那樣的速度衝過來。抱歉喔，差點把你殺掉。」

雖然對方在這種時候還是用輕挑的語氣說話，但尤吉歐已經沒辦法生氣，只能從疼痛的肺部擠出沙啞的聲音：

「剛……剛才的劍技……究竟是……」

「我不是說過要使用壓箱寶了嗎？我可不是揮劍砍空氣而已。真要說的話……應該是砍了一陣子後的未來。」

尤吉歐必須花一點時間才能理解騎士長的話究竟是什麼意思。躺在熱水裡的他，感覺傷口發出只有該處被人用冰塊壓住般的疼痛感，結果也因此而無法順利思考。

——他說……砍了未來？

剛才的現象的確是這樣沒錯。

尤吉歐無疑是在騎士長揮完劍後才發動音速衝擊。但是一碰到斬擊軌跡的瞬間，尤吉歐的身體就像受到來自過去的劍擊般受到了重傷。

不對——更正確一點的說法應該是，由劍產生出來的斬擊威力直接停留在空中了。在被轟飛之前，尤吉歐確實在空中看見了搖搖晃晃的幻影。

為了讓劍的攻擊能命中目標，揮劍者必須在「正確的瞬間」砍中「正確的位置」才行。只要時間和位置稍有差錯，劍就無法擊中敵人。

騎士長的武裝完全支配術應該就是擴張了兩個條件當中的時間吧。即使揮完劍，威力還是能殘留在軌跡上。換言之就是——砍中未來出現在這裡的敵人。

在一路對戰過來的整合騎士當中，這雖然是最不起眼的武裝完全支配術，但的確是相當恐怖的力量。那把劍通過的所有地點都會轉變成致命的空間。它的「廣度」遠遠超過同樣是擴張了斬擊持續時間的連續劍技，讓人根本沒辦法和他進行劍與劍的肉搏戰。

——這樣的話，就只能進行遠距離戰了。

騎士長的完全支配術就算能擴張時間，應該也沒辦法延長斬擊的攻擊範圍才對。相對的，尤吉歐的完全支配術所產生的「冰之蔓藤」射程則可以超過三十梅爾。

問題是藍薔薇之劍在這個存在龐大溫水的地點能不能發揮出原本的性能呢？至少要做出發動之後得多花一點時間才能產生效果的心理準備。也就是說，必須把敵人引誘到就算識破冰薔薇之術的性質也無法逃脫到射程外的距離。

雖然相當困難，但也只能拚了。

下定決心要賭一把之後，尤吉歐便用左手碰了一下胸口。雖然傳來一陣銳利的痛楚，但短時間內就算活動應該也不會讓傷口爆開。當然距離完全治癒還有很長一段距離，而且天命應該也減少了三成以上，不過還是能起身，而且也能揮劍。

「System call……」

尤吉歐開始詠唱術式的聲音混在浴場四角的噴水口所發出的轟然水聲當中。理論上騎士長這樣身經百戰的人應該不會允許他這麼做才對，但他根本沒有妨礙詠唱，還像是故意要給尤吉歐時間般，雙手交叉在胸前並且繼續用悠閒的口氣說道：

「我第一次看見暗黑騎士的連續劍法是在剛當上整合騎士的時候。剛開始真的是被打得落花流水。拖著殘破的身軀逃回來後，才能用這顆不靈光的腦袋拚命想著為什麼會落敗。」

騎士長用指尖摩擦的下巴傷痕，應該就是那個時候留下來的吧。

「嗯，想通之後其實也不是太困難。總之就是呢，我身體熟悉的是追求一擊威力的劍法，但連續劍法則是考慮怎麼格擋敵人的招式，然後讓自己的攻擊擊中對方的結果。不用說也知道哪一種比較適合實戰。不論是多麼強大的招式，打不中敵人的話根本就像是在搧風……」

這時從他扭曲的嘴唇裡「哼」一聲呼出短暫的一口氣。

「——但就算知道這一點，我這個人也沒有聰明到能馬上開始學習連續劍法。說起來最高司祭大人也真是的，要召喚整合騎士的話，也不找個比較聰明伶俐一點的傢伙。」

這句話讓持續詠唱的尤吉歐皺起眉毛。

這名自稱騎士長的男人，成為整合騎士之前的記憶果然也被消除掉了。但是就算他本人忘記了，整個世界的人民也不可能全都不記得能使出如此剛劍的劍士吧。剛才聽見他自報姓名後，尤吉歐腦袋的角落就一直有種感到不太對勁的焦躁感。

貝爾庫利・辛賽西斯・汪。剛才這個男人確實如此稱呼自己。

自己一定在哪裡聽過這個名字。是四帝國統一大會的優勝者嗎？還是帝國騎士團的某個將軍呢？

騎士長似乎完全不在乎尤吉歐認真凝視著自己的眼神以及小聲唸著術式的模樣，只是輕鬆地繼續說道：

「於是乎，我就用這顆不靈光的腦袋想著怎麼才能讓我的劍砍中敵人。結果想出來的答案就是它了。」

他讓呈現鋼鐵色的粗獷長劍在劍鞘裡發出聲音。

「這把劍原本是掛在中央聖堂牆壁上，名為『時鐘』的神器其中一部分。現在是用掛在同一個位置上的『宣告時刻之鐘』的聲音來通報時間，但很久之前都是這個叫時鐘的東西用大針指著圓形排列的數字。聽說它是世界誕生時就存在的東西……最高司祭大人是用『System Clock』……這種奇怪的名字來稱呼它。」

那應該是神聖語吧，因為尤吉歐不曾聽過這個名詞。當然也同樣沒有聽過用泛用語表示的「時鐘」這個名詞。騎士長貝爾庫利像是在窺視遙遠的過去般瞇起眼睛，然後再次開口說：

「司祭大人表示『時鐘不是顯示時間，而是用來創造時間』……雖然我完全不了解是什麼意思。總之呢，這傢伙就是用那個時鐘的針鍛鍊而成。如果愛麗絲大小姐的『金木樨之劍』是能斬過名為空間的橫向範圍，那麼這傢伙就能夠貫穿名為時間的垂直方向。它的名字是『時穿劍』……也就是貫穿時間之劍。」

雖然很難具體描繪出名為時鐘的物體究竟是什麼模樣，但尤吉歐倒是可以了解騎士長想要表達的意思。這把劍果然能夠超越時間的限制，將揮劍瞬間的威力保留下來。能做到這一點的話，就不用像艾恩葛朗特流這樣將數道斬擊連接在一起了。連續技之所以會連續發動，就是為了要拓展斬擊時間的幅度。貝爾庫利的時穿劍如果能夠同時發揮單發技的威力與連續技的命中力，那麼他的劍技已經是無敵了。不過還是僅限於劍的攻擊範圍之內就是了。

正如貝爾庫利本人所說的，只有一個方法能與其對抗。就是放棄時間，而在空間的廣度上與其一決勝負。

「你是不是正打算從遠處發動攻擊啊。看見我的技巧後，每個人都有同樣的想法。」

雖然因為忽然被識破心思而嚇了一跳，但現在已經無法停下詠唱了。就算預測出尤吉歐會從遠處發動攻擊，他也不會知道技巧的性質。不知道是不是看穿了尤吉歐的心思，只見騎士長輕輕聳了聳肩並接著說道：

「包含法那提歐與愛麗絲在內，在我之後被召喚的整合騎士之所以全都傾向選擇遠距離型的完全支配術……可能有一部分是因為看了我的技巧的緣故。那些傢伙全都很不服輸呢。不過話先說在前面，和他們比試時我從來沒有輸過喔。而且我說過誰只要能打敗我，就能夠當上騎士長。嗯……愛麗絲大小姐有一天可能會成功吧。總之呢，我也很期待能看見你一路上打敗那些傢伙的招式啦。」

「……很有自信嘛。」

數秒前詠唱完術式本體的尤吉歐下意識這麼呢喃。但因為精神依然相當集中，所以待機狀態的完全支配術沒有消失，依然停留在尤吉歐心中。

看來貝爾庫利之所以會發表長篇大論，真的是為了讓尤吉歐有時間詠唱完全支配術。這應該是因為他有自信能夠破解尤吉歐使出的任何技巧吧。

雖然很懊惱，但是尤吉歐確實沒有以冰薔薇之術捕捉到貝爾庫利後，直接就能削減他天命的自信。因為它原本是為了徹底封住敵人行動而產生的術式。不對，對上眼前的男人，可能連這一點都無法完全成功。就算能剝奪他的自由，可能也只能撐幾秒鐘的時間。而要如何利用這段時間就是決定這場比試的關鍵。

全身滴著水滴的尤吉歐從浴池裡站了起來。光走上僅有三層的大理石浴池邊緣，胸前的傷口就已經隱隱發疼。下一次受到相同攻擊的話，應該就連治療的力量都不剩了吧。

「呵呵，來吧，少年。話先說在前面，接下來我可不會手下留情了。」

騎士長用力握住插在服裝帶子上的時穿劍劍柄並大聲笑了起來。

在距離二十梅爾的通道上，尤吉歐也把藍薔薇之劍擺到自己正面。待機狀態下的劍身早已結了一層薄冰，飄盪在周圍的水蒸氣也變成閃閃發亮的冰塵。

如果是桐人的話，這時候應該會回嘴吧。但尤吉歐只感覺極度口渴，根本無法順利說出話來。他用力吸了口氣，慎重地低聲說出武裝完全支配術的結句：

「Enhance……armament！」

立刻有凍氣「咻！」一聲在他腳底捲動，接著往四方狂奔而出。尤吉歐隨即將反手握住的愛劍用力插到地板上。

讓大理石表面變得潮濕的水份瞬間凍得像鏡子一樣。冰帶一邊發出新鮮木材碎裂的聲音，一邊朝著站在前方的貝爾庫利衝去。

左邊的通道大概有五梅爾左右的寬度，但藍薔薇之劍產生的冰凍波寬度卻有十梅爾左右。盈滿左右兩側浴池的溫水表面也有結冰的薄膜往外擴展，但速度果然因為熱氣而有些緩慢。不過現在已經沒辦法再找什麼藉口了。

尤吉歐把所有的意念集中在右手，然後更加用力地握緊長劍。這時結凍的地板上一邊爆出硬質咆哮聲一邊長出來的不是薔薇蔓藤，而是無數銳利的荊棘。

它們馬上變成粗大的冰柱，接著塞滿通路的銳利尖端便一面發出亮光，一面像滑行般朝貝爾庫利攻去。但是騎士長只是稍微綳緊嘴角，依然保持腰部下沉的姿勢而沒有任何動作。似乎也沒有逃進左右兩側浴池的打算。

看見他堅若城池的站姿後，尤吉歐心裡也有所覺悟了。如果沒有同歸於盡的決心，絕對無法贏過這個敵人。

他從地板上拔起藍薔薇之劍，追著無數的槍尖往前跑去。目標是貝爾庫利迎擊數十把槍尖時應該會出現的一絲空隙。

雖然看見了尤吉歐往前猛衝，但是騎士長還是沒有任何動搖的模樣。他把腳大大地往左右打開，然後將力量聚集到擺在左腰的劍上。

「哼！」

他隨著渾厚的吼叫聲揮出剛猛的橫斬。雖然無數槍尖都還沒有進入他的攻擊範圍，劍刃也只是劃過空無一物的虛空，但時穿劍能夠砍擊未來。

半秒鐘後，無數的冰柱就發出「鏘──！」的悲鳴並同時粉碎。沒有一把槍能夠突破貝爾庫利剛才設置的斬擊。騎士長以令人憤恨的輕鬆態度把劍移回上段，準備應付尤吉歐的追擊。

但是尤吉歐也終於讓敵人進入自己的攻擊範圍之內，於是他便高高揮動右手上的武器。這時浮游在四周圍的數層細微冰片反射了天花板的光線，雖然視線因此而模糊，但敵人應該也受到了影響才對。

「嘿啊啊！」

「喔喔！」

兩道吼叫聲同時響起。

貝爾庫利的劍砍出的灰色軌跡迎擊了尤吉歐手中長劍劃出的藍色軌跡。

下一個瞬間。

尤吉歐手裡的長劍立刻隨著「喀鏘！」的脆弱悲鳴粉碎了。

貝爾庫利因此而稍微瞪大了雙眼。應該是空虛的手感讓他嚇了一跳吧。尤吉歐的右手也完全沒有感受到劍破碎時傳過來的衝擊。

不過這也是理所當然的事。尤吉歐在開始衝刺前，就已經把握在手上的藍薔薇之劍丟到右邊，然後折下一根冰柱來代替手裡的劍了。

貝爾庫利的上段斬是為了把尤吉歐的劍彈開的一擊。如果他手裡的劍不是冰柱的話，現在應該已經被對方的力量推回去了吧。但是握在右手的冰柱輕易地碎裂，讓尤吉歐得以保持突進的速度，直接躲過敵人的劍並且衝進他的懷裡。

「喔喔喔！」

尤吉歐隨著再度發出的叫聲反轉身體，用左肩往騎士長的腹部撞了下去。這是艾恩葛朗特流的「體術」，名為隕石衝擊的祕奧義。技巧名稱有「粉碎的流星」之意。由於劍不在手上，所以沒有完全發動，但貝爾庫利因為出乎意料之外的揮空而失去重心，巨大的身軀稍微浮了起來。

本來之後還會有右水平斬，但尤吉歐以張開雙臂來取而代之，直接抱住騎士長的腰部。

「唔喔……」

連這名魁梧巨漢都因為這兩段式攻勢而失去平衡，身體整個往後倒去。這就是最初與最後的機會了。

「嗚喔喔喔喔！」

尤吉歐利用吼叫聲掩蓋傷口的疼痛，然後擠出全身的力量，把騎士長和自己往右邊的浴池丟去。貝爾庫利雖然左腳用力想撐住身體，但光溜溜的腳還是在冰凍住的地板上滑了一跤。短暫的漂浮感後，落水的衝擊立刻影響到尤吉歐胸部的傷口。

但是和包覆全身那種令人暈眩的冷氣比起來，這點痛楚根本不算什麼了。

「怎麼回事……！」

被尤吉歐架著的貝爾庫利第三次發出驚訝的聲音。幾分鐘前還熱騰騰的浴池，現在已經變成快要結凍的冰水了。也難怪他會如此驚訝。

尤吉歐一邊用左手按住想起身的巨漢，一邊用右手在浴池底部摸索著。應該是丟在這裡附近才對──

經過嚴密的計算以及運氣的幫助下，他的指尖終於碰到愛劍熟悉的劍柄了。

下一個瞬間，憑力量推開尤吉歐左手的貝爾庫利已經準備站起來了。

但尤吉歐比他快一步將藍薔薇之劍插到浴池底部並且大叫：

「結……凍吧────！」

這就是決定勝負的關鍵。

藍薔薇之劍只有將填滿巨大浴池的一小部分熱水變冰而已。周圍依然有大量的溫水存在。就算有十名神聖術師同時持續生成凍素，也得花上幾十分鐘才能把它們全部結凍。但現在也只能拚了。

武裝完全支配術是藉由解放劍的記憶來喚醒它原本不可能擁有的超攻擊力。

不可思議的賢者卡迪娜爾曾經這麼說過。她為了組織藍薔薇之劍與黑劍的完全支配術，曾經要求尤吉歐與桐人各自回溯劍的記憶。

尤吉歐的神器，藍薔薇之劍原本是位於北方山脈最高峰頂端的冰塊。那裡就算是盛夏也異常寒冷，冰塊一整年都不會融化，但同時也沒有任何生物能靠近。永凍的冰塊只能孤單度過幾十年的時光。

但是某年春天，飛越山脈的風將一顆小種子吹到永凍冰塊附近。冰塊就這樣每天融化一點自己的身體來滴落些許水份滋潤種子。最後種子終於發芽，花蕾抵抗著極寒的冷氣慢慢變大，在夏天到來的同時開出了微小但是十分美麗的花朵。那是一朵比北方天空還要藍的薔薇。

終於交到朋友而高興不已的永凍冰塊就這樣每天跟薔薇談話。但是秋天過去的某一天，藍色薔薇忽然說了，我沒辦法撐過冬天的嚴寒，所以我們馬上要分離了。

冰塊聽見後便開始嘆息。而且為了即將失去第一位朋友而悲傷地哭泣，身軀也因此變瘦了。這時藍薔薇再次說道，在我枯萎變醜之前，把我關進你身體裡面吧。這樣的話，就算沒有生命也能永遠保持這個模樣。

於是永凍冰塊便實現了藍薔薇的心願。它拚命在自己眼淚所造成的水窪裡移動，然後一靠近藍薔薇便祈禱著……結凍吧、結凍吧，永遠結凍吧。結果祈禱的效力實在太強，讓冰塊的心也一起結凍了。

冰塊裡頭的藍薔薇嚥下最後一口氣時，冰塊本身也永遠無法說話與思考了。極寒的山頂上，只剩下因為流了許多眼淚而變得像劍一樣細長的冰，以及被關在裡頭的一朵藍薔薇。

這可能就是尤吉歐在大圖書館裡看見的夢境。目前還不知道為什麼外型粗糙的冰塊會變成真正的劍，而且從山頂被移到地下的洞窟裡接受白龍守護，何況基本上冰塊和薔薇花應該不會有自己的意識才對。

但就算只是夢境，冰塊的祈禱依然鮮明地存在尤吉歐心裡。他感覺到冰塊的悲傷與痛苦——還有把生命與時間全部凍結的心意。

……藍薔薇之劍，把你的力量借給我吧！

有了這個強烈念頭的瞬間，尤吉歐嘴裡也迸發出新的叫聲：

「——Release……recollection！」

武裝完全支配術的第二階段。解放沉睡在劍裡的所有力量，也就是「記憶解放」的式句。雖然卡迪娜爾說尤吉歐他們仍然不能使用，但是現在的話——只有這一次的話……

右手上的劍產生劇烈的震動。

整座大浴場隨即響起無數玻璃同時破碎般的硬質衝擊聲。接著又有藍白色光環以尤吉歐右手為中心高速往外擴展，碰到光環的溫水全都留下波紋的形狀並瞬間結凍。

不到幾秒鐘的時間，廣大的浴池就全凍成了雪白的冰塊。幾乎無法動彈的身體包圍在強烈的寒冷當中，讓尤吉歐忍不住開始喘氣。就算裸體站在嚴冬中的盧利特森林裡，也不會感到如此的寒冷吧。閉起眼睛的話，就沒辦法分辨觸碰到肌膚的是冰塊還是灼熱的鐵塊了。

雖然很想撥開睫毛上的白色冰霜，但左手在浴池深處壓著貝爾庫利，右手則反握著藍薔薇之劍，所以已經完全被固定住了。尤吉歐在沒辦法的情況下只能拚命眨眼來抖落冰晶，然後透過濃烈的靄氣確認敵人的狀況。

騎士長貝爾庫利的脖子已經有一半沉在冰裡。由於結凍前正想撐起身體，所以左手與握著時穿劍的右手都沉在浴池的底部附近。這樣的話，他應該也跟尤吉歐一樣無法動彈才對。

騎士長一邊讓從眉毛與鬍鬚上垂下來的小冰柱發出啪嘰啪嘰的聲音，一邊低沉地說道：

「沒想到會有在敵人面前拋棄自己長劍的劍士……這是你想出來的戰法嗎？」

「不……這是伙伴教我的。他說存在於戰場的所有物體都能成為武器與陷阱。」

尤吉歐拚命動著因為過於寒冷而僵硬的嘴這麼回答。貝爾庫利則是暫時閉起眼睛與嘴巴，看起來像是在思考，最後終於露出燦爛的笑容。這時他的嘴角也不斷有冰塊的碎片落下。

「哦……原來如此。這就是所謂的地利嗎……我必須承認輸給你一招了，但我可不會就此認輸喔。」

他先嘶一聲吸了口氣，然後屏住呼吸。

不知在這種狀況下他究竟想做什麼的尤吉歐開始緊張了起來。如果他開始詠唱神聖術的話，那麼自己也得馬上開始準備對抗的術式。

貝爾庫利淡藍色的雙眼猛然睜開。接著從他如野獸般整個外露的齒縫裡迸發出爆炸般的吼叫聲：

「唔嗚嗚嗚嗚！」

騎士長的額頭立刻浮現數條粗大的血管。稍微露出來的脖子根部也出現幾條肌肉，皮膚則是完全變成紅色。

「什麼……」

這下連尤吉歐也發出驚訝的聲音。貝爾庫利是要用全身的肌肉來硬撐破這厚厚的冰層。但這種事根本不可能發生。就算能自由活動身體，而且擁有充分的空間，要赤手空拳打破這麼厚的冰層也是相當困難。何況騎士長現在被冰在全身上下沒有一絲空隙的冰塊當中。

他咬緊的牙關發出鋼鐵摩擦般的聲音，淡藍色眼珠像會自動發光般帶著熾烈的光芒。明明已經被包圍在低於冰點的冷氣當中，尤吉歐的背部卻能感覺到更勝於此的寒氣。

下一刻，響起了「啪嘰」一聲細微但帶有決定性的聲音。

兩人之間的冰塊出現了一條裂痕。然後從該處分裂出另一條來。接著又是另一條。

尤吉歐再次體認到眼前的魁梧巨漢不是普通人。整合騎士原本就是從四帝國的劍士當中選出來的菁英集團，而他更是站在這群人的頂點——也就等於是人界最強的男人了。他應該是一百年……不對，兩百年來都在戰場裡度過的活傳奇。

在和這種對手作戰時，絕對不允許有任何的鬆懈。當然尤吉歐原本就不認為把自己和敵人冰凍住就能讓戰鬥結束。接下來才是他真正的目的——強制開始同時削減天命的驟死戰。

尤吉歐在冰層底下用力握住記憶解放狀態的愛劍劍柄，並且集中意識。

如果尤吉歐看見的記憶為真，那麼藍薔薇之劍的來歷就與桐人的黑劍、騎士長的時穿劍法那提歐的天穿劍有些不同。不同的地方就是，他的劍擁有兩個源頭。它們分別是永凍冰塊以及被關在裡面的那一朵薔薇。

冰塊的力量是凍結萬物。而薔薇的力量——則是用生命開出花朵。

「盛開吧——藍薔薇！」

像是要呼應尤吉歐的狂吼般，冰面上產生了無數的「花蕾」。它們一邊旋轉一邊綻放，最後開出如剃刀般單薄透明的藍色花瓣。

一朵薔薇就一邊發出鈴聲般的聲響一邊盛開，然後無數——多達數百朵的薔薇花就不斷地綻放開來。那是極為美麗，卻也極為冷酷的光景。因為這大量的薔薇，全都是吸取了尤吉歐與貝爾庫利的天命才能夠傲然地開花。

尤吉歐的四肢開始無力，連視界也漸漸變暗。目前別說是寒冷的感覺了，根本連接觸肌膚的堅硬冰塊都感覺不到。只有麻痺般的毫無感覺包圍全身。

這時貝爾庫利剛才就快要突破冰獄的膂力也被連根拔起了吧，只見他原本發紅發熱的肌膚迅速因為失去血氣而變白，而充滿自信的表情也首次從他剛毅的容貌上消失。

「小鬼……你這傢伙打從一開始……就打算跟我同歸於盡了嗎！」

「請不要……搞錯了。」

尤吉歐拚命撐起重量逐漸增加的眼瞼並擠出沙啞的聲音：

「我唯一能贏過你的要素……就是天命的總量。法那提歐小姐和我的伙伴身負同樣嚴重的傷勢，也同時倒了下來……這也就表示即使是不會老死的整合騎士，天命的量也跟我們沒有兩樣對吧……？」

在開口的這段期間，驕傲綻放在冰面的無數冰薔薇裡開始流出閃亮的光粒。熱水落下的轟聲從剛才就已經消失不見，這應該就是連出水口都已經被凍住的證明吧。

曾幾何時，貝爾庫利與尤吉歐兩個人除了臉孔中央部分之外都已經覆蓋在厚厚的冰層底下。只要打開史提西亞之窗，應該就能確認以恐怖速度減少的天命值。尤吉歐一邊抵抗急遽升高的睡意，一邊拚命繼續說道：

「……從外表看起來，你成為整合騎士已經是四十歲之後的事情了……當然天命的最大值已經開始減少。相對的，我的天命值現在應該趨近於最大……就算被你砍了一劍，總量應該也

還是我比較多才對。我就是賭在這一點上。」

就在尤吉歐快要把話說完時，貝爾庫利忽然猛然瞪大雙眼。他整張臉也開始劇烈扭曲，掛在額頭與鼻樑上的冰柱也全都粉碎。

「你這傢伙……剛才說什麼！」

明明應該是連要保持意識都相當困難的狀況，但是騎士長的眼睛卻浮現強烈的光芒。

「你說……『成為整合騎士』……？聽起來簡直就好像知道我們的前世一樣！」

尤吉歐眨了一下眼睛，然後聚集剩餘的所有力量開口說道：

「我……最不能原諒你們的就是這一點。」

從肚子底部湧上來的強烈感情，讓尤吉歐一瞬間忘記了全身的虛脫感。

「忘記自己究竟是什麼人……也不知道效忠的公理教會的真面目……裝出一副只有自己是正義，只有自己是法律守護者的模樣。你根本不是最高司祭從天界召喚來的騎士。你也是由母親所生並取名為貝爾庫利，跟我一樣都是人類啊！」

就在這麼大叫的瞬間——

尤吉歐終於想起眼前的「豪傑」是什麼人了。

因為過於驚訝，讓他忍不住喘了口短氣。貝爾庫利……這個名字從小就出現在祖父說給自己聽的童話裡了。他是三百年前開拓盧利特村，成為初代侍衛長的名劍士。同時也是到盡頭山脈去探險時，發現了沉睡白龍旁的寶劍……也就是尤吉歐右手上的藍薔薇之劍後，便想把它偷走的豪傑。

雖然一瞬間認為可能是與初代貝爾庫利同名的子孫，但馬上就否定了這個可能性。被凍結天命自然減少的整合騎士根本不會老化。也就是說，他正是那個貝爾庫利。孩提時期最喜歡的……同時也是自從愛麗絲被帶走的那個夏天後就不曾想起的童話，《貝爾庫利與北方白龍》的主角，現在就在尤吉歐眼前。而且還喪失了盧利特時代的記憶，變成整合騎士。

從極短暫但是巨大的衝擊當中恢復過來後，尤吉歐便斷斷續續地說道：

「……貝爾庫利，你……應該看過我的劍才對吧。」

目前正解放出所有力量的藍薔薇之劍，在冰層表面下十限左右的深處持續綻放出清澈的冷冽光芒。

整合騎士長，同時也是三百年前童話的主角稍微把視線移向冰層底部。他強壯的下顎已經凍僵，只能從緊咬的牙縫中擠出沙啞的聲音。但是貝爾庫利的話卻完全背叛了尤吉歐的想像。

「……的確……在哪裡看過……對了……是那個時候嗎……」

緩緩抬起一度閉上的眼睛後，騎士長接著說道：

「——殺掉北邊守護龍時，牠的巢裡有一把跟它長得很像的劍……」

尤吉歐再次受到驚愕的侵襲，瞬間忘記冰凍全身的冷氣並且開口表示：

「你說……殺掉……？」

八年前和愛麗絲一起到北方洞窟探險時的光景再次在腦海裡復甦。

洞窟中心部的廣大空間裡，堆疊著無數巨大骸骨。而且骸骨上還有四處縱橫的銳利傷痕。那些傷痕不是野獸的爪牙，而是人類的劍所砍出來的。

「那些龍骨……那就是你幹的好事嗎……？你竟然……親手殺掉……在自己故事裡出現的龍……？」

明明全身都快被凍僵了，還是無法壓抑胸口湧出的火熱感情，尤吉歐也因此而猛烈搖著頭。而且也有液體從他的雙眼滲出。

「你真的……什麼都忘記了嗎……貝爾庫利，你在我出生的盧利特村裡，是無論老人還是小孩都知道的英雄。你不辭艱辛地從央都走到北邊邊境，然後在荒地上開拓出村莊，你是我們的祖先啊。最高司祭把你抓走，封印記憶後任命為第一個整合騎士。而且不只是你，法那提歐小姐、艾爾多利耶先生還有愛麗絲……也全都一樣。所有人在被變成整合騎士前，都跟我一樣……是人類啊……」

「你說……記憶被封印了……」

在之前的戰鬥裡都沒有露出任何動搖的貝爾庫利，這時雙眼像是透視遠方某處一樣，焦點變得有些模糊。接著從他無力的嘴角傳出幾乎快聽不見的細微聲音。

「…………我沒辦法輕易相信你說的話……但是……我長期以來……都對自己是從天界被召喚而來的天神騎士……感到懷疑……」

不知不覺間，貝爾庫利的身體已經完全失去力量了。他剛毅的容貌也再次被冰霜所覆蓋。流在尤吉歐臉頰上的淚水也瞬間急凍，被包裹他臉部的冰膜所吞噬。

從小就不知道聽過多少次貝爾庫利與白龍的童話。身為主角的英雄竟然砍殺了另一名主角白龍的事實，讓尤吉歐有無法言喻的喪失感與無力感。

最高司祭亞多米尼史特蕾達的力量比想像中還要強大許多。因為不論多麼強大的劍士都會輕易被她操縱，變成忠實的騎士。說起來，或許最高司祭以及公理教會……原本就不是單單兩名修劍士就能對抗的存在了。

尤吉歐的腦袋一隅感覺到自己被無數冰薔薇吸取的天命已經所剩無幾。貝爾庫利應該也一樣才對。冰霜深處半閉起來的藍灰色眼睛裡，光芒已經逐漸地消失了。

——結果是同歸於盡嗎？

一想到這裡，不能在此倒下的心情立刻就在尤吉歐心底深處產生了微小的火花。但是他已經連一根小指都動不了了。冰層底下，握住藍薔薇之劍的右手也慢慢失去力量……

就在這個時候——

「呵呵呵呵呵，這真是奇景啊，奇景！」

宛如用叉子用力刮著鐵盤一般的刺耳聲音響徹了整座大浴場。

尤吉歐移動變得模糊的視線，馬上看見有一道外型奇特的影子緩緩從通路上靠近。

那是一個人嗎？但怎麼會這麼圓呢。膨脹成正圓形的身體上接著像在惡搞般的短短手腳。而且根本沒有脖子，肩膀上就直接放著一顆圓滾滾的頭顱。看起來簡直就像小孩子在冬天做的雪人。

但是身上卻穿著極為刺眼的鮮艷服裝。右半邊是鮮紅，左半邊則是鮮藍且有光澤的服裝，膨脹到極限的肚子上可以看見好不容易才能扣好的金色鈕釦。褲子也同樣是左右兩邊顏色不同，而且連鞋子也是一樣。

圓頭上沒有任何頭髮，只有在光滑的頭頂戴著一頂金色的尖帽子。雖然形狀和大圖書館的賢者卡迪娜爾的帽子十分相似，但是品味就差多了。即使把帽子的高度算進去，他的身高也只有一梅爾左右。

夏至祭典裡，在聖托利亞六區的廣場表演許多雜技的旅行藝人裡頭，也有一名滾大球的小丑做同樣的打扮。但是從這個矮小男人的臉孔，就能知道他不是那種能讓人感到溫馨的存在。

從外表實在無法推測出他的年紀。他的肌膚異常白皙，有著圓滾滾的鼻子、鬆弛的臉頰，至於格外鮮紅的嘴唇則是往兩側拉開，露出了大大的笑容。他那半月形的細長眼睛，雖然像是在笑一樣劃出向上的弧形，但從細縫中透出來的眼光卻異常冰冷。

穿著紅藍色服裝的小丑一邊跳一邊走在大理石通道上，然後迅速跳進結冰的浴池裡。左右腳上前端相當尖銳的鞋子直接踩扁兩朵冰薔薇。

「呵，呵呵∼！呵呵、呵呵、呵呵！」

不知道什麼事情這麼有趣，只見矮小的男人拍著短短的雙手並且發出刺耳的笑聲，然後又把周圍的薔薇全都踢成玻璃般的碎片。他就這樣一邊發出喀嚓喀嚓的嘈雜聲音，一邊朝著被冰塊固定住的尤吉歐與貝爾庫利前進。

在數梅爾之外的地方停下來，最後又踢碎一朵薔薇，矮小的男人才終於把臉轉向尤吉歐他們。他的紅色嘴唇往左右裂開，再次發出讓人不舒服的聲音：

「呵呵……騎士長閣下，這樣不行啊。你不會就這樣輸掉了吧？這傢伙很明顯是反對高貴最高司祭猊下的叛亂份子喲。若猊下醒過來的話，一定會相當生氣喲。」

這時看起來早已失去意識的貝爾庫利嘴唇忽然開始震動，接著發出低沉又沙啞的聲音：

「元老長……裘迪魯金……你這種粗鄙的傢伙……不准來破壞劍士之間的對戰……」

「呵，呵呵∼！」

聽見貝爾庫利的話之後，像小丑一樣的矮小男人隨即迅速拍著手並且跳了兩三下。

「劍士之間的對戰！笑死人了，呵呵呵呵！」

他發出不像是人類的尖銳笑聲。

「明明對骷髏的反叛者手下留情還敢說這種話！騎士長閣下還沒有使用你時穿劍的『祕技』吧？只要你願意，一句話都不用說就可以幹掉那裡的臭小鬼了吧！這樣的行為基本上就已經背叛了最高司祭大人囉！」

「少囉嗦……我……已經全力作戰了……而且你才是欺騙了我吧……這個小鬼……根本不是暗黑領域的暗殺者……他比你這個醜陋的肉丸子要好多……」

「吵死了————！看我把你的頭拔下來喔————！」

矮小男人忽然瞪大雙眼，像皮球一樣跳起來後，隨即用短短的雙腳用力踩著貝爾庫利的頭。然後直接在騎士長的頭上左右搖晃並且用尖銳的聲音繼續叫道：

「說起來就是你們這些臭騎士根本一點用都沒有，事情才會變得這麼棘手。一大群人竟然被兩個小鬼打敗，真的快讓我笑破肚皮啦。等猊下醒過來之後，一定要從頭整頓你們這些騎士……至少你和副騎士長一定得重新處理了！」

「你這傢伙……到底……在說什麼……」

「啊啊吵死了、吵死了，我受夠了。你給我睡覺去吧。」

依然站在貝爾庫利頭上的矮小男人像是要耍帥般伸出右手的小指頭。舔了一下鮮紅嘴唇後，隨即用殺雞般的聲音詠唱術式：

「System call————！Deep freeze————！Integrator unit ID 001————！」

這是從來不曾聽過的神聖術。術式本身相當簡短，如果是攻擊術的話也不會有多大的威力才對——剛這麼想時……

「嗚……」

貝爾庫利就發出低沉的呻吟。下一刻，他的身體——不論是頭髮、肌膚還是服裝都開始染上暗灰色。與其說是被冰凍起來，倒不如說是慢慢變成了石頭雕像。

等他的雙眸完全失去光芒，被冰塊封住的身體也全部變成泥土般的顏色時，矮小男人——被稱為元老長裘迪魯金的小丑才迅速從騎士長貝爾庫利的頭上跳下來。

「呵、呵嘻、呵嘻嘻……老實說，像你這樣的老頭已經派不上用場了，一號。何況也找到相當不錯的棋子……對吧？」

小丑這麼低聲說道時，他像針孔般的小眼睛也緊緊盯著尤吉歐看。立刻有一股比周圍的冰塊還要寒冷的恐懼感爬上尤吉歐的背部。

但這時候尤吉歐也氣力用盡。雖然拚命凝視著一邊踏扁冰薔薇一邊靠近的紅色與藍色鞋子，但這樣的景象也馬上被淡黑色給覆蓋過去了。

——桐人。

——愛麗絲……

在內心喊完兩個人的名字後，尤吉歐便失去了意識。

第十一章　元老院的祕密　人界曆三八〇年五月

1

身體忽然劇烈地震動了一下，而我也因此而睜開雙眼。

原本只是打算把背靠在牆壁上閉起眼睛休息一下而已，結果竟然不知不覺間就睡著了。當我因為作了惡夢而跳起來的瞬間，馬上就忘了夢的內容……但恐懼與焦躁感卻像是要提醒自己發生過這件事般緊黏在頭腦內側。

撐起上半身稍微確認了一下周圍後，得知似乎沒有什麼特別的變化。

我目前正處身於中央聖堂，設置在第八十八層附近外牆上的狹窄露臺。太陽在好一陣子前就已經沒入正前方的地平線，空中則像是刷過墨水般黑暗。但就算視線再怎麼巡梭，依然只能從雲縫裡看見幾顆星星，終究還是沒有發現期待已久的月亮。感覺不久前才聽到晚上八點的鐘聲，看來還要經過一段時間，月亮女神才會開始供給些許空間神聖力。

停戰協議中的整合騎士愛麗絲不知道是不是想用距離表現出對我的警戒心，只見她抱膝坐在再往右移一點可能就會引起新的石像鬼……不對，應該是「米尼翁」產生反應的位置，然後閉著眼睛休息。我當然很想利用這段待機時間跟她對話，好抓住任何能夠避開接下來決戰的線索，但是她似乎不打算跟我閒聊。如果尤吉歐在這裡的話，只要用他身上那把卡迪娜爾謹製的短劍刺一下愛麗絲就能解決問題了。

尤吉歐現在不知道怎麼樣了——

回想起來，自從在盧利特村南方的森林裡和他相遇後，這可能是兩年來第一次陷入想見面卻見不到的狀況。來到央都的漫長旅程裡，有時會一起露宿街頭，有時會同睡在一張便宜旅館的床上互相抱怨對方，進入修劍學院就讀後也一直住在同一間寢室。因為兩個人待在一起已經是理所當然的事，所以也不會特別意識到他的存在，不過一旦分開後就會覺得不安。

不對——這一定不是這麼簡單的感情。

在這個名為地底世界的究極假想世界裡，我得到了恐怕是有生以來第一個能稱為超級好友的同性友人。雖然這麼說實在有點害臊，但我還是必須承認這個事實。

被囚禁在SAO這款死亡遊戲之前，我一直認為同一間學校的男學生們太過幼稚，所以總是和他們保持著距離。

即使被關進假想世界的浮遊城裡，這種無可救藥的個性還是沒有多大的改變。雖然很幸運地遇見了克萊因與艾基爾等成熟的大人，也成功和他們成為朋友，但終究還是沒能到徹底掏心掏肺的程度。就連如此了解彼此的亞絲娜，我也只有在艾恩葛朗特崩壞，兩個人的意識快要消失之前才能對她表露內心軟弱的一面。

我從來不認為自己擁有什麼異於常人的特殊能力。實際上，在學校不論是課業或是運動方面，我都沒什麼特別拿手的項目。

結果一成為ＳＡＯ的俘虜，我就因為成為名列前茅的一小撮攻略組玩家之一而嘗到了凌駕於他人的快感。即使能成為頂尖玩家，全是因為從完全潛行型遊戲被開發出來就一直沉溺其中所培養出來的「熟悉度」，以及ＳＡＯ封測時累積起來的「知識」這種和本人能力完全無關的要因，我也還是深深為這種優越感著迷。

但是就連從ＳＡＯ解放出來之後，我也只能藉由持續證明自己「在ＶＲ世界裡的實力」來保持自我價值。周圍的人可能不認為我是那個真實肉體相當虛弱的桐谷和人，而是攻略了死亡遊戲的英雄桐人，老實說我就一直被囚禁在這樣的強迫觀念當中，而且也無法否定我一直在誘導周圍的人以及自己這麼想。即使心底深處相當了解，不斷累積這樣的虛名，只會讓自己更加遠離真正重要的事物。

所以在這個世界裡遇見尤吉歐，並且發現不知不覺間就能在他面前表現出最真實的自我時，我真的嚇了一大跳，同時也考慮起為什麼會有這種情形出現。

因為尤吉歐是不同於我的人工搖光嗎？還是因為他不認識ＳＡＯ的英雄桐人呢？不對，這些都不是理由。最大的理由一定是——在地底世界這個某種意義上是現實也是假想的世界裡，尤吉歐所有的能力都遠優於我的緣故吧。

他在劍技的學習上只能用天賦異稟來形容。不論是感應力、判斷力還是反應速度，都遠超過我這個在VR世界裡經歷那麼多場戰鬥的人。如果用舊世代的矽晶處理器來比喻裝備在我搖光裡的戰鬥回路，那麼尤吉歐所搭載的就是最新的鑽石半導體了。現在我雖然還能充當他的師父，但那只不過是我累積了較多的經驗與知識。只要尤吉歐以現在這種速度繼續累積經驗，不久之後應該就能青出於藍了吧。

雖然取了一個「艾恩葛朗特流」這種誇張的名字，但看見尤吉歐就像沙地吸收水分般，把我從之前經驗當中習得的廣泛戰術引為己用的成長模樣後，就有種很不可思議的喜悅與渾厚的滿足感。我甚至認為——長期以來一直認為是自我的存在價值，但說起來也不過是遊戲技巧的「劍技」，必須在尤吉歐身上磨練並且開花結果之後才能真正成為的寶物。

順利解決關於地底世界的所有問題，同時成功讓尤吉歐的搖光轉移到現實世界的話，我一定要讓他潛行至ALfheim Online——幾乎可以確定LightCube的界面與以The Seed作為基礎的VR世界有互換性了——然後介紹他給亞絲娜、莉法以及克萊因等人認識。我會告訴他們，尤吉歐是繼承我劍技的大弟子，同時也是我的超級好友。

我已經等不及那一刻來臨了。恐怕要到那個時候，我才能真正和一直支持我、幫助我的人們…………

「你在笑什麼？」

忽然從右邊傳來這樣的聲音，讓我眨了眨雙眼並且中斷幻想。

把臉轉過去後，馬上看見愛麗絲以感到噁心的表情看著我。我急忙用右手背擦了擦嘴角並且說：

「沒有啦……稍微想了一下今後的各種事情……」

「所以才會露出那麼輕鬆的笑容嗎？真不知道你是過於樂天，還是過於愚蠢。明明現在都還不知道能不能離開這片石頭露臺呢。」

她的言詞還是一樣那麼辛辣。雖然我不認識騎士愛麗絲原本的人格……也就是盧利特村的愛麗絲，不過如果記憶恢復之後個性還是這麼糟糕的話，就算把她和尤吉歐一起帶到現實世界並介紹給伙伴，應該也會和詩乃或者莉茲貝特發生嚴重的衝突才對。

說起來，在拓展迎接這種超級完美結局的妄想之前，還有一堆必須解決的問題阻擋在面前呢。眼前最重要的，應該就是離開這個排滿噁心米尼翁石像的露臺了，但是生成巖石錐所需要的空間神聖力依然不足，而且我的氣力、體力資源……具體來說，就是差不多快無法忍耐餓到胃部發疼的空腹感了。

我用右手悄悄按著肚子附近，接著盡可能以認真的聲音回答：

「只要月亮升起，應該就能繼續攀爬牆壁了。巖石……不對，只要能製造楔子，就不是什麼困難的作業。而且上面似乎也沒有配置米尼翁了……不過，除了神聖力的問題之外，光是想到還有數十梅爾的絕壁要爬，我就已經餓到頭昏眼花也是個相當大的問題啊……」

「……你就是這種地方不正經。一兩餐沒吃又算得了什麼，又不是小孩子。」

「好啦好啦，反正我就是小孩子，因為再怎麼說也還是處於食欲旺盛的發育期啊。和整合騎士大人不一樣，不吃飯天命就會不斷減少啦。」

「我可要告訴你，整合騎士也會肚子餓，而且不進食也會減少天命！」

愛麗絲瞪大眼睛並丟出這麼一句話。

這時候，忽然有「咕～」一聲可愛的聲音從她肚子附近傳出，我也忍不住噗哧一聲笑了出來。

騎士大人的臉瞬間變紅，接著右手便迅速握住劍柄。一看到這一幕，我馬上往後退了五十公分。

「嗚哇，等一下，是我不好！妳說的沒錯，整合騎士也跟我們一樣活在世界上。只要活著就會肚子餓嘛。」

厚著臉皮說出這樣的話並縮起身體時，忽然發現褲子左邊口袋裡有種壓迫感。覺得奇怪而把手伸進去後，隨即想起指尖碰到的是什麼東西，然後馬上感謝起自己的貪心與好吃。

「喔喔，真是天降甘霖。看，我這裡有好東西喲。」

我從褲袋裡掏出來的正是兩顆肉包。這是我離開卡迪娜爾的大圖書館時塞進兩邊口袋的食物。兩顆已經在白天時和尤吉歐一起吃掉了，結果完全忘記還剩下兩顆。雖然經過多場激戰後已經有點扁掉了，但這種狀況下也沒辦法要求太多。

「……為什麼會把這種東西塞在口袋裡？」

愛麗絲露出打從心底受不了我的表情，然後將手從劍上移開。

「敲敲口袋就冒出兩顆肉包。」（註：日本有一首童謠的歌詞是敲敲口袋就有餅乾）

用愛麗絲絕對無法理解的發言把事情帶過後，我便迅速叫出肉包的「視窗」，確認它們還剩下許多天命。外表雖然看起來不怎麼樣，但不愧是卡迪娜爾用貴重古籍所生成的食物，耐久度相當驚人。

不過冷颼颼的肉包吃起來根本一點都不美味。我想了一下後，隨即攤開左手詠唱術式：

「System call。Generate thermal element。」

就算不足以製造巖石錐，似乎還是有產生一顆小小熱素的空間神聖力，這時我的手掌上立刻出現微弱的橘色光點。我接著以右手抓住兩顆肉包靠近熱素，然後詠唱接下來的術式：

「Bur……」

在念出「st」的音之前，旁邊已經有一隻手用閃電般的速度遮住我的嘴巴。

「唔咕！」

「你是笨蛋嗎！這麼做的話一瞬間就會燒焦了！」

以同時帶有憤怒、無奈與輕蔑的眼神看著我並這麼咒罵完後，愛麗絲便用右手抓起肉包。當我丟臉地發出「啊啊」的聲音時，左手上的熱素也像溶化在空氣中一樣消失了。騎士看都不看我一眼，直接翻轉左手並且像唱歌般編織出術式：

「Generate thermal element……aqueous element……aerial element。」

從姆指到中指的三根指尖上方出現了橙色、淡藍色與綠色的光點。當我歪起脖子想著她到底要做什麼時，愛麗絲已經用追加的術式與手指的動作對三種素因做出複雜的操縱。首先用風素做出球形漩渦，然後讓兩顆肉包浮在上面。接著又把熱素與水素投入漩渦當中，當它們接觸到彼此的瞬間，立刻詠唱解放的術式。

風之障壁立刻隨著「咻！」一聲染成純白色。外表看起來雖然相當穩定，但障壁內側應該有高溫的蒸氣正在捲動。原來如此，這樣的話就能發揮出跟蒸籠同樣的效果了。

三種素因經過三十秒左右就結束了自己的任務，然後擴散開來消失了。由空中落到愛麗絲手上的兩顆肉包，已經像剛蒸好的一樣膨脹成圓形，而且冒出熱騰騰的蒸氣。

「快……快點給我……喂，啊……啊啊啊啊！」

伸出手的我看見雙手抓著肉包的愛麗絲做出要同時把它們吃下去的動作，馬上就發出相當丟臉的悲鳴。幸好整合騎士在快要咬到肉包時就閉起嘴巴，以認真的表情說了聲「開玩笑的」後，隨即把一顆肉包遞到我面前。鬆了一口氣的我立刻一把接過來，呼呼吹了兩下後就大口咬了下去。

存在於地底世界的萬物，全是由儲存下來的龐大記憶所產生的，類似作夢般的產物——即使腦袋相當清楚這一點，舌頭碰到剛蒸好的肉包那種柔軟的表皮與充滿肉汁的內餡時，還是頓時讓我有種置身天堂的感覺。僅僅三口就將貴重的食物吞進胃裡——正確來說應該是讓它回饋到搖光的記憶區，接著我在同時感覺到滿足與尚未飽足的心情下，呼一聲長長地吐出一口氣來。

旁邊的愛麗絲也僅用了四口就把肉包吃光，然後和我一樣嘆了一口感到相當可惜的氣。戰鬥魁儡般的整合騎士大人也是有像個女孩子的地方，我抱持著這樣的感慨，一邊隨口說出：

「原來如此……沒想到沒有任何道具，也可以只靠素因就蒸好肉包。不愧是做菜高手賽魯卡的姊姊……」

剛說到這裡的時候——

再次用猛烈速度伸過來的手直接用力抓住我的衣領。但這次浮現在愛麗絲臉上的，已經不是無奈與輕蔑的表情了。

她的藍色眼睛發出強如煙火般的光芒，臉頰則是變得一片蒼白，嘴唇也不停地輕輕抖動著。騎士只用一隻右手就把我抬起來，然後以沙啞的聲音說道：

「你剛才說什麼？」

這時後知後覺的我才終於發現自己嚴重失言。

從距離二十公分處瞪著我的黃金整合騎士，應該就是尤吉歐的青梅竹馬，也就是盧利特村修道女見習生賽魯卡的姊姊愛麗絲．滋貝魯庫，但是她本人沒有這樣的記憶。因為她八年前被帶到央都聖托利亞，接受「合成祕儀」而成為整合騎士時，重要的記憶碎片就被奪走，然後以「敬神模組（Piety module）」來取代，所以完全想不起儀式以前的事情了。

現在的愛麗絲，相信自己是為了維持世界和平與秩序而從天界召喚過來的騎士——不對，應該說是被灌輸了這樣的觀念。對她來說，公理教會和最高司祭亞多米尼史特蕾達的權威是絕對不容質疑，所以就算告訴她亞多米尼史特蕾達只是為了滿足自己的支配欲，就從世界各地綁架優秀人才改造成自己的手下，她應該也不會相信吧。

說起來就是因為預測不論怎麼勸說都沒辦法說服愛麗絲，我和尤吉歐才會訂定使用卡迪娜爾的短劍來暫時凍結她的計畫。雖然現在的狀況早已經是在預定之外，但我應該做的還是只有——迴避與愛麗絲的戰鬥並且和尤吉歐會合，然後製造出讓他使用短劍的機會。

在因為一句失言就快要讓整個作戰計畫失敗的焦躁感當中，我只能拚命動著腦筋。但看見愛麗絲的表情後，我就知道已經不是能用說錯話來把事情帶過的狀況了。

無論我再怎麼想，也只能想出兩個選項。第一個是和愛麗絲在這裡決戰，然後在不讓她受到致命傷的情況下失去意識，接著把她運到第九十五層——不然就只能下定決心對她說出全部的真相了。

這時我只能用自己對愛麗絲的評價來決定應該做出什麼樣的選擇。如果相信她的劍技不如我，那麼就選擇戰鬥；如果相信她比我想像的還有智慧，那麼就應該選擇和她對話。

經過幾秒鐘的苦思後，我便做出了決定。我從正面承受愛麗絲如同藍色火焰般的視線並且表示：

「我剛才說妳有一個妹妹。雖然不知道妳能不能接受……但我就告訴妳我認為是事實的所有事情吧。」

或許是從我簡短的話裡感覺到什麼了吧，這次換成愛麗絲猶豫了幾秒鐘，然後忽然就放開右手。

這時騎士維持用膝蓋撐住身體的姿勢，往下看著一屁股跌坐在露臺上的我。在這種狀況下聽我說話的行為，恐怕早就已經超出整合騎士應該做的範疇之外了吧。應該一劍把我砍死的理性，以及想知道未知情報的感情目前正在她內心裡互相抗衡。

最後可能是下定決心了吧，只見愛麗絲慢慢沉下腰部，擺出類似正座的姿勢並且表示：

「……說吧。不過……如果我認為你的談話內容是在誆騙我，那我就會一劍把你殺掉。」

聽見愛麗絲壓低的聲音後，我先是吸了長長的一口氣並在腹部鼓足了力量，然後才用力點了點頭。

「如果要殺掉我的判斷是出自於妳的真心……那我也願意接受。至於我為什麼要這麼說……那是因為妳的身體裡有來自於他人，但是妳卻無法意識到的命令存在。」

「……你是指整合騎士的責任嗎？」

「沒錯。」

我一點頭，愛麗絲的眼睛便露出敵意並瞇了起來，但同時也能看出眼睛深處還帶著一絲動搖的感情。那應該就是愛麗絲本來的意識吧。於是我便帶著對那點意識說話的想法繼續說道：

「整合騎士是神明的代理人，公理教會最高司祭亞多米尼史特蕾達為了維持正義與秩序而從神界召喚過來的存在……你們應該都是這麼認為的。但事實上只有中央聖堂內部的人才有這樣的想法。生活在人界的數萬人民，可以說完全不這麼認為。」

「你在說什麼蠢話……」

「妳到下界，去央都隨便找個居民問問看好了。問他每年舉行的四帝國統一武術大會的優勝者可以獲得什麼樣的獎賞。到時候他就會回答妳，能夠獲得被任名為整合騎士的榮譽。」

「被任名為……整合騎士……？不可能有這種蠢事。我和這麼多騎士接觸過了，但沒有一個說自己曾經是人類。」

「妳說反了。應該是沒有一個人原本不是人類。」

我挺直背脊，凝視著騎士的眼睛。拚命地呼喚應該存在於眼睛深處的，愛麗絲身為人類時的意識。

「愛麗絲，妳應該不記得自己是天界的誰所生，以及是在哪裡長大的吧？一開始的記憶應該就是亞多米尼史特蕾達對著妳說出，妳是來自天界的神之騎士之類的場面。」

「…………」

看來是被我說中了，只見愛麗絲微微挺起上半身並緊咬嘴唇。

「……那是因為……整合騎士在被派遣到地上來時，天界的記憶就被史提西亞神封印住了……等到完全消滅黑暗領域的邪惡勢力，完成騎士的任務之後，就能再次回到神之國……然後也能想起我父母親和兄弟姊妹的事……最高司祭大人……她是這麼說的……」

黃金騎士毅然的聲音在句子尾端就開始產生搖晃，最後更完全消失。

我也瞬間了解究竟是怎麼回事。整合騎士愛麗絲潛意識當中渴望家人記憶的程度，遠比她本人所想的還要強烈。所以剛才聽見賽魯卡的名字才會有那麼劇烈的反應。

我慎重地選擇用詞遣字，然後繼續開始說明：

「亞多米尼史特蕾達所說的只有一小部分正確。妳的記憶的確被封印了，但施加封印的人不是史提西亞神，而是最高司祭本人。妳被封住的也不是天界的記憶，而是妳以人類的身分出生在人界並成長的記憶。妳以外的整合騎士，比如說艾爾多利耶也是一樣。他出生於諾蘭卡魯斯北帝國的高等爵士家，然後在今年的統一大會裡獲得優勝，也因此而贏得成為整合騎士的榮譽。」

「這不可能……！我的弟子，騎士薩提汪怎麼可能是腐敗的上級貴族出身……」

「聽好了，艾爾多利耶和我們戰鬥時，並不是因為受傷才被打倒的。他的身體上沒什麼嚴重的傷痕吧？那是因為我的伙伴還記得他的本名叫艾爾多利耶·威魯茲布魯克，結果也因此而刺激了他被封印的關於母親的記憶。艾爾多利耶他想回憶母親的事情，但無論如何都想不起來。不過這也是理所當然的事，因為那段記憶早就被亞多米尼史特蕾達從他的靈魂裡抽出，並且保存在中央聖堂的最上層裡面了。」

「……母親的……記憶……？」

愛麗絲的嘴唇輕輕地顫抖起來。她把雙眼從我臉上移開，開始在空中游移。

「艾爾多利耶……有身為人類貴族的母親……？」

「不只是他而已。整合騎士有一半應該都是在統一大會裡贏得優勝的劍術高手，而這些人大部分都是從小就受到劍術菁英教育的貴族子弟。貴族們把子女提供給教會後，就能獲得大量的賞金與崇高的地位。這樣的程序早就持續了一百年以上了。」

「……難以置信……我實在無法相信你的話。」

在這之前，黃金騎士從來沒有懷疑過公理教會與整合騎士純潔的神聖性，但現在卻像個鬧彆拗的小孩子般左右搖著頭。

「四帝國的上級貴族……雖然不是所有的爵士家，但大部分都過著奢侈與糜爛的生活。所以才會有我們這些為了保護人界而存在的整合騎士。但是……你卻說艾爾多利耶和其他騎士們都是來自那些腐敗到了極點的上級貴族……這不可能。我沒辦法相信。」

「上級貴族之所以會這麼腐敗，都是因為公理教會給了他們過高的地位與無數特權的緣故。但正因為這樣，貴族的子弟才能夠從小就接受劍技與神聖術的英才教育。如果是邊境的話，小孩子十歲時就要接受天命，根本沒有時間練習劍術……而從這些貴族小孩裡精心挑選出來的天才們又會參加四帝國統一大會，然後只有獲得優勝的那個人能夠進入中央聖堂。愛麗絲……妳曾經在中央聖堂裡遇過這些優勝者嗎？」

我的問題讓愛麗絲不安地伏下眼睛，然後輕輕搖了搖頭。

「沒有……但是——有許多修道士、修道女以及見習生住在中央聖堂下層……所以統一大會的優勝者，可能也跟他們在一起，過著日夜鑽研劍技的生活……」

不會的。我原本立刻就想這麼否定，但是又迅速閉上微張的嘴巴。

我和尤吉歐在中央聖堂第三層裡取回愛劍後，根本哪裡都沒去就直接到第五十層了——當中還有二十層左右是被用毒劍麻痺我們的小孩騎士費賽爾與里涅爾拖上去的——所以沒有遇見過修道士。但是我大概能夠推測出他們的出身。

中央聖堂下層裡，應該負責公理教會實務的修道士與修道女，大部分應該不是從外界招聘，而是跟費賽爾她們一樣都是在教會內出生、長大的。對亞多米尼史特蕾達來說，大概就是直接在塔內生產實務用個體的感覺吧。

愛麗絲一定不知道這些教會的黑暗部分。所以現在也沒必要提起這件事，造成她多餘的負擔。

「……不，妳已經和統一大會的優勝者見過面了。只是妳不這麼認為而已。你們整合騎士的記憶不只是在接受『合成祕儀』的時候……就連成為騎士後也依序遭到亞多米尼史特蕾達的修正。」

「怎麼可能！」

抬起臉來的愛麗絲發出尖銳的叫聲。

「絕對不可能！最高司祭大人不可能做出玩弄我們記憶的事情……」

「她就是有！」

我也吼了回去。

「因為你們這些人……不只是大會的優勝者，連自己曾帶走哪些罪人的記憶也都完全不存在了！」

「罪……罪人……？」

愛麗絲皺起眉頭，並再次閉起嘴巴。我筆直看著她在星光下顯得鐵青的臉，繼續拚命對她說道：

「沒錯。妳昨天早上用飛龍把我和伙伴從修劍學院帶到教會來。這妳應該記得吧？」

「……怎麼可能忘記。因為我首次逮捕罪人的任務，抓的就是你們兩個。」

「但是，整合騎士迪索爾巴德．辛賽西斯．賽門就不記得妳。完全忘記八年前……」

稍微停頓一下後，我才下定決心說出「那個名字」。

「……他曾經親手從北部邊境盧利特村裡帶走年幼愛麗絲的事情。」

一聽見我說的話，愛麗絲的臉頓時變得跟大理石牆一樣白。失去血氣的嘴唇不停顫抖，接著發出極為乾枯的聲音：

「盧利特村……那就是我真正的故鄉……？迪索爾巴德閣下，把身為罪人的我從那裡帶走……？你的意思是……我過去曾經觸犯過禁忌嗎……？」

我對著斷斷續續的聲音點了點頭。

「沒錯。剛才不是說過有一半的整合騎士是統一大會的優勝者嗎？剩下來的一半，就是以罪人的身分被帶到中央聖堂的人。因為這種人都擁有足以違反禁忌目錄的強韌意志，所以成為騎士後都能發揮出強大的戰鬥力。這對亞多米尼史特蕾達來說根本是一石二鳥，因為可以讓可能影響教會支配的人，轉變成手下強力的棋子……我們來說妳的例子吧。」

愛麗絲能不能接受我所說的話，現在就是關鍵了。

我用灌注了全身力量的視線凝視著整合騎士。癱坐在石頭露臺上，像是很害怕般縮起肩膀的愛麗絲，看起來宛如等待某種宣判一樣，以半閉的眼睛回看著我。

「妳真正的名字叫愛麗絲．滋貝魯庫。是在北方邊境，靠近盡頭山脈的山麓，一處名為盧利特的小村莊裡出生並長大。年紀和尤吉歐……我的伙伴一樣，所以今年應該是十九歲。妳是在八年前被帶到教會來，也就是說事件是在妳十一歲那一年發生的。妳和尤吉歐兩個人一起到穿越盡頭山脈的洞窟裡探險……然後不小心稍微踏出了洞窟末端人界與暗黑領域的境界線。也就是說，妳犯的禁忌是『入侵黑暗領域』。妳沒有偷盜任何東西，也沒有傷害任何人……不對，妳當時甚至想要幫助瀕死的暗黑騎士……」

這時輪到我閉上嘴巴了。

尤吉歐告訴我愛麗絲的事件時，有描述地如此詳細嗎……？

也難怪我會這麼想。因為兩年前才從地底世界裡醒過來的我，怎麼可能知道太多遠在六年前發生的事情。但是不知道為什麼，我的腦海裡浮現出拖著鮮血往下掉落的暗黑騎士，與愛麗絲朝他跑去的身影時是那麼地清晰，簡直就好像我親眼見到那一幕一樣。而且耳朵也好像再次聽見愛麗絲的手碰到黑暗領域的漆黑土壤時所發出的摩擦聲。

一定是聽完尤吉歐的敘述後，不知不覺間就把想像的情景與現實的記憶混為一談了。這麼說服自己後，我便抬起頭來，結果發現愛麗絲似乎也沒多餘的心思去注意到我不自然中斷的發言。她蒼白的臉頰微微發抖，然後以幾乎聽不見的細微聲音表示：

「愛麗絲．滋貝魯庫……這就是我的名字……？盧利特……盡頭山脈……我完全想不起來……」

「別勉強自己去想，不然會變得跟艾爾多利耶一樣喔。」

我急忙打斷愛麗絲的話。這時愛麗絲的「敬神模組」要是變得不安定，造成她跟艾爾多利耶一樣無法行動，結果讓其他騎士感覺到異變而前來回收的話就糟糕了。但是愛麗絲卻用稍微恢復生氣的眼睛瞪著我，然後以抖動的聲音毅然說道：

「事到如今你還在說什麼。我……想知道一切。雖然並不是相信你所說的話……但我決定聽完所有內情之後再做出選擇。」

「……我明白了。不過話先說在前面，妳過去的事情我也知道得不多。妳的父親是盧利特村的村長，名字叫卡斯弗特．滋貝魯庫。很可惜我不知道妳母親的名字，但剛才也說過了，妳還有一個叫作賽魯卡的妹妹。現在應該還是在盧利特的教會裡當修道女見習生。兩年前我住在教會裡的時候，和賽魯卡談過許多話。她是個很喜歡姊姊的好孩子……一直都沒有忘記被教會帶走的妳。生活在盧利特村時，妳也同樣是修道女見習生，好像還被稱為神聖術的天才。賽魯卡她為了繼承姊姊的位子成為優秀的修女，一直都很努力喔。」

即使把知道的情報說完並且閉起嘴巴，愛麗絲也沒有任何反應。

剛才的動搖已經消失，如同陶器般雪白的臉龐也完全沒有動靜。應該是想從記憶深處挖出我說的幾個專有名詞吧，只不過看起來成功的機率應該不高。

——還是不行嗎……

我在內心這麼呢喃著。原本以為即使「記憶碎片」被奪走，只要用冷靜的態度慢慢說出情報，說不定就可以喚醒她的幾個記憶——但是亞多米尼史特蕾達所施的封印似乎比想像中還要強力。

果然還是擁有管理者權限的卡迪娜爾才能讓愛麗絲復原嗎？而且還必須先把愛麗絲被亞多米尼史特蕾保管在某處的記憶碎片奪回來才行。

這個時候。愛麗絲的嘴唇動了起來，接著便傳出一道簡短的聲音。

「賽魯卡。」

她隨即又說了一次。

「賽魯卡……」

現在看起來像深藍色的眼睛已經朝向頭上的星空。

「無論是長相還是聲音……我都想不起來了。但是……我不是第一次叫這個名字。我的嘴巴、喉嚨……以及心都還記得。」

「……愛麗絲。」

雖然我屏住呼吸叫了對方一聲，但愛麗絲似乎忘了我的存在，只是繼續低聲呢喃著：

「我叫過這個名字無數次了。每天、每晚……賽魯卡……魯卡…………」

愛麗絲的長睫毛上沾了珠狀的透明液體，最後在星光照耀下一邊發光一邊滴落，而旁邊的我則像是看到難以置信的光景般凝視著她。眼淚隨即不斷湧出，滴落在我和愛麗絲之間的大理石上，發出了細微的聲音。

「你說的都是真的……我的家人……父親、母親……以及流有同樣血液的妹妹……就在這片星空下的某處……」

斷斷續續的聲音，最後變成細微的嗚咽。

這時愛麗絲又用手背用力撥開我無意識中伸過去的右手。

「不要看！」

以哭聲這麼叫道的愛麗絲，右手粗暴地往我胸口一推，然後用左手不停擦拭著眼睛。但是淚水完全沒有要停止的樣子，最後騎士終於把臉埋進用雙手抱住的膝蓋當中，接著肩膀便開始劇烈震動。

「嗚……嗚咕……嗚嗚……」

當我看著壓低聲音不停發出嗚咽的整合騎士時，不知不覺間雙眼也開始滲出淚水。

我一定——

一定要打倒亞多米尼史特蕾達，把愛麗絲帶回故鄉。

再次有了這種堅強決心的我，這時才終於意識到自己眼眶含淚的理由。

就算一切按照計畫進行，到時候在盧利特村與賽魯卡再次相見的也不是眼前這名持續哭泣的黃金整合騎士了。當取回塵封的記憶時，愛麗絲將回想起尤吉歐與賽魯卡，以及在盧利特村度過的日子，然後反而忘記以整合騎士的身分替教會服務的歲月。

這也就表示，整合騎士愛麗絲的人格將會消滅。

其實這只是恢復正常而已。雖然我這麼告訴自己，但眼前這名哭得像個小孩的黃金騎士還是讓我無法停止對她的憐憫之心。

在長達數年的中央聖堂生活當中，愛麗絲．辛賽西斯．薩提的心底深處一定不斷渴望著失去後就再也無法獲得的家庭溫暖。一想到這裡，我就覺得她真是太可憐了。

好一段時間後，激烈的嗚咽才慢慢降低音量，轉變成輕微的啜泣聲。

我在兩三分鐘前就率先成功止住了淚腺的水閘，轉換心情思考今後的發展。

目前所能想到的，最棒且最理想的發展應該是這樣吧。

等到月亮升起就再次開始攀爬牆壁，然後從第九十五層回到塔內。這時也迴避了原本會和愛麗絲進行的戰鬥，成功與尤吉歐會合。而要不要使用他身邊那把卡迪娜爾謹製的短劍，就得依照當時的情況來判斷了。

接著就是想辦法打倒剩下來的最大阻礙，整合騎士貝爾庫利·辛賽西斯·汪，或者是說服他——如果尤吉歐已經打敗他那當然就更好了，但應該不會順利到這種地步吧——然後衝進究極的敵人亞多米尼史特蕾達沉睡的中央聖堂最上層。

在最高司祭尚未醒過來前先想辦法讓她無法行動，然後取回愛麗絲應該被保管在房間某處的「記憶碎片」，並且恢復她的記憶與人格。

最後再用系統操縱臺與現實世界的ＲＡＴＨ工作人員取得聯絡，讓他們保全現在的地底世界，以及停止即將發生的「負荷實驗最終階段」——也就是來自暗之國的舉國侵略……

光是大概考慮了一下，就能發現有一連串幾乎會讓人昏過去的高難度任務擋在自己面前。所有的任務，成功率都大概不到五成……不對，根本不到三成。

但是我已經沒辦法停下來了。在地底世界度過了兩年……不對，說不定從登入死亡遊戲ＳＡＯ那天開始的漫長歲月，全都是為了要讓我與尤吉歐這些新人類相遇並守護他們而存在。

茅場晶彥在染上鮮紅夕陽光的天空中眺望著崩壞的艾恩葛朗特一邊這麼說道。他說想要創造出真正的異世界。雖然沒有打算繼承那個男人的目的，但「真正的異世界」現在就出現在我的眼前。

茅場的複製人格交給我的「The Seed」，目前已經在現實世界裡讓無數的ＶＲ世界開花結果。不知道該說是偶然還是必然，收容尤吉歐這些地底世界人靈魂的LightCube具備與The Seed連結體的互換性。如果要從ＳＡＯ事件裡，找尋出超越茅場目的的某種意義——我有預感答案一定會在這座地底世界裡。

我再也無法回頭了。因為自從在盧利特村南方森林裡醒過來後，我已經花了兩年的時間，來到最終目標中央聖堂最上層的附近。

但是，如果真要說有什麼雖然微小，但是無法忽視的問題存在的話……

在眾多需要克服的目標當中，的確還是有一件我不太確定是不是由衷想要這麼做的事……

「你前陣子曾經說過……」

依然抱著膝蓋且低著頭的愛麗絲忽然這麼低聲說道。

我暫時中斷整個糾纏在一起的思考並且抬起臉來。隔了一陣子後，依然帶著哭音的細微聲音再次傳過來。

「中央聖堂的牆壁破裂，我們被吸到外面來後……你曾說過之所以會做出這種反叛的行為，是為了糾正最高司祭大人的錯誤並且守護人界。」

「嗯……正是如此。」

我對著愛麗絲披在背後的金髮點了點頭。結果騎士再次沉默了幾秒鐘，然後才緩緩動著嘴唇表示：

「……我還沒有完全相信你所說的話。但是……塔的外壁竟然配置有暗之國的米尼翁……而且整合騎士似乎真的不是來自天界，而是人界人民被封印記憶後所產生。也就是說……最高司祭大人深深欺騙了我們這些忠實僕人已經是不容否定的事實……」

我屏住呼吸，專注聽著愛麗絲所說的話。

記憶遭到抽除，然後搖光裡被植入敬神模組的整合騎士，應該會被強制對亞多米尼史特蕾達有絕對的忠誠心才對。事實上，之前遇見的整合騎士們，不論我跟尤吉歐怎麼費盡唇舌，都絕對不會說出懷疑教會正當性的發言。

考慮到這些事情後，就能知道愛麗絲剛才的發言有多令人驚訝了。她果然擁有其他人工搖光所沒有的特質。在不發一言只是凝視著前方的我面前，黃金騎士依然抱著立起來的雙腳，然後繼續低聲說道：

「但是從另一方面來看，最高司祭大人賦予我們整合騎士的第一使命就是阻止黑暗領域的侵略，這也是不容質疑的事實。當我們待在這裡時，也有十名以上的騎士乘坐著飛龍在盡頭山脈戰鬥著。如果沒有最高司祭大人組成整合騎士團，人界早就被暗之軍隊攻進來了。」

「這個嘛……」

——但是，這並不是這個世界應該有的模樣啊。

整合騎士獨占的成長資源，簡單來說就是經驗值，原本是要平均分配給眾多一般人民的。就像我和尤吉歐在北方洞窟裡擊敗怪物一樣，世界上所有村民也應該自己拿起劍來和入侵的哥布林兵戰鬥並且變強才對。但是亞多米尼史特蕾達卻奪走了這個機會。

不過現在說這些愛麗絲也沒辦法理解。這時她又用沉靜但嚴肅的聲音對著不知該說什麼的我表示：

「你說我出生並且長大……現在我的雙親與妹妹也還生活在那裡的盧利特村是在北方邊境，盡頭山脈的山麓上。也就是說，一旦黑暗領域開始侵略，那個區域馬上會遭受蹂躪。就算你打倒所有整合騎士，並且手刃最高司祭大人，那到時候要由誰來保護包含盧利特村在內的邊境呢？你不會認為光憑你們兩個人就能消滅黑暗軍隊吧？」

雖然雙眼的淚水還未乾，但愛麗絲的聲音裡已經帶著堅定的意志，讓我無法立刻回答她的問題。和愛麗絲無論如何都想保護人界的真摯決心比起來，我心裡所隱藏的事情實在太多了。

我一邊壓抑下現在就在這裡說出一切——連這個世界根本就是被創造出來的事實也全部脫口而出的衝動，一邊開口說道：

「那麼我反過來問妳……妳真的相信，只要整合騎士團在萬全態勢下迎擊，就能百分之百擊退黑暗軍隊的總攻擊嗎？」

「…………」

這次換成愛麗絲說不出話來了。我把視線移回正面的夜空，一邊回溯兩年前的回憶一邊繼續說道：

「剛才說過我和伙伴一起對抗了從黑暗領域入侵的一隊哥布林了吧。哥布林雖然是暗之軍隊的最低等士兵，但不論是劍技還是力量都相當驚人。黑暗領域裡有一大堆那種傢伙，而且還有很多和你們一樣能騎乘飛龍的暗黑騎士，以及能操縱米尼翁的暗黑術師沒出現吧？如果這些傢伙全都一起攻過來，就算所有騎士和最高司祭本人都出陣，也沒辦法抵擋這麼一群大軍。」

雖然有九成是從卡迪娜爾那裡現學現賣的知識，但愛麗絲似乎也有相同的看法，所以沒辦法像剛才那樣立刻回答。經過一陣子的沉默後，才從她低垂的臉上擠出苦澀的聲音：

「……的確叔叔……騎士長貝爾庫利閣下心裡似乎也藏著同樣的疑問。他說黑暗領域的精兵早已到達數萬名的規模，如果他們一起湧至『東大門』的話，光靠騎士團恐怕無法對抗……但是——就算是這樣，人界還是除了我們以外就沒有可以稱為戰力的存在了。剛才你說上級貴族的小孩子都受到劍術與神聖術的菁英教育，但他們的劍技都是在追求一擊的美感，根本無法應用在實戰上。最後還是只能相信三女神的加護，由我們整合騎士與少許飛龍一起作戰。我想你應該也能理解這種狀況吧？」

「正如妳所說的……現在的人界，能和暗之軍隊抗衡的實質戰力就只有整合騎士而已。」

我維持看向前方的姿勢並且慎重地回答：

「但這是亞多米尼史特蕾達特意製造出來的狀況。最高司祭害怕人界出現危及自己完全支配的力量，所以才會聚集統一大會的優勝者與禁忌目錄的違反者並封住他們的記憶，把他們改造成忠實的騎士。換言之，亞多米尼史特蕾達可以說完完全全不相信這個世界的人類。」

「…………！」

愛麗絲似乎猛烈吸了口氣。但和之前不同，沒有馬上反駁我。我一邊祈禱她能把我的話聽進去，一邊繼續說道：

「如果最高司祭相信生活在人界的人民，將他們組織成裝備精良的軍隊並加以充分的訓練，現在人界應該也有足以與暗之軍隊互相匹敵的戰力。但是最高司祭沒有這麼做，她允許戰鬥時應該最先拿起劍上戰場的上級貴族過著怠惰且放縱的生活，結果就是讓他們的靈魂都遭受汙染……就像在修劍學院裡，我和尤吉歐揮劍攻擊的那兩個人一樣。」

萊歐斯．安提諾斯他們準備凌辱緹潔與羅妮耶的事件不過發生在兩天前而已。如果負荷實驗最終階段就這樣來臨，人界直接暴露在黑暗領域的總攻擊之下的話，將會發生無數起像那樣的悲劇。

「但是……一切都還不算太遲。雖然不知道距離黑暗領域的軍隊大舉侵略剩下一年還是兩年的時間……但只要人界也盡可能在那天來臨前組織大規模的軍隊……」

「這種事根本不可能成功！」

這時愛麗絲終於忍不住大叫了起來。

「你不是才剛說過嗎？這個世界的貴族們已經墮落無可救藥的地步了！就算告訴四皇帝家以及眾上級貴族戰爭就要來臨，並且命令他們拿起劍來戰鬥，他們也只會做做表面工夫，然後只守護自己的生命與財產而已！」

「沒錯，大部分的上級貴族應該都沒有和暗之軍隊作戰的勇氣。但還是有一部分高等爵士家保持著貴族的尊嚴，而且下級貴族與一般民眾裡頭還是有許多願意拚命保護家園……以及這個世界的人存在。只要把保存在這座塔裡的大量武器全部分給他們，然後讓他們學習經過你們磨練的真正劍技與神聖術，一年裡要建立起一支優良的軍隊也不是不可能的事。」

「組織……一般民眾……？」

愛麗絲茫然呢喃道，而我則是對她用力點了點頭。

「沒錯。不用強制徵兵，只要招募義勇軍，一定也可以聚集不少人。而且每個城鎮和村莊都有衛兵隊。但是……繼續這樣下去的話，這就真的是不可實現的夢想了。」

「…………最高司祭大人她……不可能允許這種事情發生……」

「是啊，應該連說服她都不可能吧。對亞多米尼史特蕾達來說，無法強制效忠的軍隊應該跟暗之軍隊同樣恐怖吧。所以只能做出一個結論，就是打破最高司祭亞多米尼史特蕾達的絕對支配，把僅剩的一點時間做最大限度的利用，建構出能夠抵抗侵略的防衛力量。」

我一邊對著愛麗絲的側臉這麼宣布，心裡一邊浮現一種相當諷刺的感覺。

創造地底世界，舉行這壯大實驗的組織「ＲＡＴＨ」似乎和現役的自衛官菊岡誠二郎有很密切的關係。這樣的話，實驗的目地應該與現實世界的國防有很大的關聯。甚至有可能是為了把尤吉歐或愛麗絲等人工搖光使用在控制兵器上。

明明想著絕對不允許他們這麼做，但我現在竟然說出了要鍛鍊數萬名人界士兵的提議。

完全不清楚我內心矛盾的愛麗絲，這時應該是因為和我不同的理由而再次閉上了嘴巴。刻劃在她靈魂裡頭的對公理教會的忠誠心，以及親手捕捉來的入侵者所說的話，現在一定在她內心互相對抗吧。雖然臉上沒有什麼表情，但內心的糾結與痛苦應該超乎我的想像才對。

不久後——

簡短的一句話乘著夜風傳了過來。

「……能見面嗎？」

「咦……？」

「如果幫助你……取回我被封印的記憶，那我能再見到賽魯卡……也就是自己的妹妹嗎？」

我瞬間緊咬住牙根。

當然可以了，見面本身沒有什麼問題。但是……

我猶豫著是不是該把剛才的預測告訴愛麗絲，但我絕對不想隨便找些話把事情矇混過去。於是我便下定決心，首先點了點頭。

「……當然可以了。只要乘坐飛龍的話，一兩天就能到達盧利特村。但是……我希望妳先聽我說。」

這時愛麗絲正坐在我右邊一公尺半左右的位置，而我先是凝視著她的臉，然後才繼續說：

「能和賽魯卡見面的，可以說是妳但是又不是妳。取回記憶的瞬間，妳將會恢復成接受合成祕儀前的愛麗絲．滋貝魯庫，而整合騎士愛麗絲．辛賽西斯．薩提將就此消滅。妳現在的人格，將和以整合騎士身分過生活時的記憶一起消失，把身體還給本來的人格……雖然這麼說相當殘酷……但現在的妳，是被亞多米尼史特蕾達製造出來的『假愛麗絲』。」

聽見我的話後，愛麗絲的肩膀立刻劇烈震動了好幾下。

但是卻沒有發出任何的嗚咽。經過幾秒鐘之後，她發出了盡可能壓抑住感情的沙啞聲音：

「……當我聽見整合騎士是由最高司祭大人製造出來的之後……就想到可能會有這種情形了。我從名為愛麗絲．滋貝魯庫的少女那裡奪走這副身軀，並且不法強占了六年之久……整件事情就是這樣吧。」

我已經找不到回答她的言詞了。雖然內心應該是波濤洶湧，但愛麗絲還是堅強地露出微笑。

「從別人那裡搶來的東西本來就應該歸還。何況……賽魯卡、父母親、你的朋友……還有你本人應該也是這麼希望吧。」

「…………愛麗絲……」

「只不過……我有一個唯一的要求。」

「什麼要求……？」

「在這副身體還給原本的愛麗絲之前……可以帶我到盧利特村去嗎？然後，只要從暗處就可以了……我想要看一眼妹妹賽魯卡……以及其他家人的模樣。只要能實現這個願望，那我就滿足了。」

愛麗絲說到這裡就不再說下去，然後緩緩轉過頭來從正面看著我。

這個瞬間，不知道什麼時候已經掛在東方天空的月亮也從雲朵間投射出一道光芒。全身照耀在金黃色光芒下的愛麗絲，像個小孩子般哭得紅腫的雙眼變得柔和，接著臉上再次露出微笑。沒辦法繼續注視這張臉孔的我，只能把視線朝頭上的月亮望去。

取回愛麗絲的記憶。這正是我唯一的伙伴尤吉歐唯一的願望。也就是說，它應該也是我的願望才對。

但這個願望就代表著不安地抱住膝蓋坐在我旁邊的整合騎士……不對，應該說代表著一名少女的死亡。

面對這必要的犧牲，必定要做出的優先排名。我卻什麼都沒辦法改變。

「嗯……就這麼說定了。我可以發誓。」

我維持著仰望夜空的姿勢這麼說道：

「在恢復記憶之前，一定帶妳到盧利特村去。」

「一定喔……」

我把視線移回再次確認的愛麗絲身上並點了點頭。

這時騎士也同樣對我點頭，然後用力吸了口氣，以凜然的表情說道：

「我知道了。那麼……為了守護人界以及生活在那裡的人民，我愛麗絲．辛賽西斯．薩提現在就捨棄整合騎士的使命……嗚……啊……！」

毅然的宣言忽然變成了尖銳的悲鳴。她包裹在黃金鎧甲底下的身體劇烈往後仰，並且用右手蓋住了右眼。美麗的容顏應該是因為劇痛才會扭曲成這樣吧。

我雖然因為嚇了一跳而準備起身，但立刻反射性地想起兩天前見過的光景。

為了解救羅妮耶與緹潔，尤吉歐毅然把次席上級修劍士溫貝爾．吉傑克的左臂砍飛。當我趕到現場時，他的右眼已經消失得無影無蹤，噴出來的鮮血化成紅色眼淚順著臉頰流了下來。

當天晚上，在學院的懲罰房裡，尤吉歐斷斷續續地對我描述當時的情形。他說準備砍溫貝爾的瞬間，右手簡直凍得不像是自己的一樣，而且右眼也如同燒焦一樣疼痛。然後眼前還出現鮮紅的光芒，以及從未見過的神聖文字——

現在襲擊愛麗絲的，應該就是尤吉歐所說的現象吧。這應該是某種心理障壁。發生的契機就是想要違抗刻劃在靈魂裡的規則。

「什麼都不要想！快停止思考！」

我邊叫邊靠近愛麗絲，並且用右手壓住她鎧甲的左肩。然後以左手包住持續著痛苦狀態的騎士右手腕，靜靜地把它從右眼上移開。

「嗚…………！」

在愛麗絲原本跟藍寶石一樣的眼睛裡發現閃爍的紅色亮光後，我立刻屏住了呼吸。為了確認光線的真相，我直接靠過去凝視著她的眼睛。

愛麗絲瞪大的右眼出現了呈現正圓形的藍色虹膜。

虹膜的外圍部分又有發出紅光且呈放射狀排列的細微線條，而且這些線條正緩緩地旋轉當中。線條的粗細不太一定，排列方式也不固定。看起來——簡直就像條碼一樣。

我聽完尤吉歐的敘述後，便覺得應該是亞多米尼史特蕾達把這種心理障壁埋在地底世界居民的身體當中。但這兩年裡，我從來沒有在地底世界裡看過條碼的記憶。

——這不是亞多米尼史特蕾達幹的好事……？如果不是她的話，那究竟是誰呢……？

就在我發出細微喘息聲的瞬間——

圓形條碼停止旋轉，愛麗絲收縮的瞳孔上方出現了橫向排列的奇妙記號。一邊發出鮮紅光芒一邊浮現的文字列寫著「ƧYƧTƎM　A⅃ƎЯT」。

我稍微思考了一下它的意思，但馬上就發現到……

這些文字左右相反了。愛麗絲處於文字列後方的眼睛裡，應該能夠看見方向正確的文字才對。這些文字應該是「ＳＹＳＴＥＭ　ＡＬＥＲＴ」。

ＳＹＳＴＥＭ　ＡＬＥＲＴ。對我來說，已經很熟悉在使用電腦時會冒出這種讓人不愉快的警告了，但是這個單字對愛麗絲等地底世界的居民應該沒有任何意義才對。這個世界裡，日常生活當中只會使用「泛用語」——也就是日文，被稱為「神聖語」的英文則是大部分居民都不了解它的意思，而且也沒有必要去了解。

神聖術的學習者雖然除了最初的「System call」之外還會詠唱各種英文單字，但幾乎都不知道它們代表什麼具體的意義。我也教了尤吉歐許多艾恩葛朗特流祕奧義，也就是劍技的技名究竟是什麼意思，但他每次都會對我為什麼會有神聖語知識感到不可思議。

總而言之，這串ＳＹＳＴＥＭ　ＡＬＥＲＴ文字列對地底世界居民來說幾乎沒有任何意義。

這樣的話，把這種心理障壁設置在愛麗絲與尤吉歐等人身上的就不是亞多米尼史特蕾達，而是現實世界的人類——也就是ＲＡＴＨ的某個工作人員……

愛麗絲在至近距離發出的細微悲鳴打斷了我高速轉動的思緒。

「啊啊……右眼像燒起來一樣……！而且……好像……可以看見文字……！」

「什麼都別想！讓腦袋保持空白！」

我急忙這麼叫道，然後用雙手夾住愛麗絲小小的臉龐。

「出現在妳身上的現象，應該是想反抗教會時就會發動的心理障壁。它會讓妳的右眼產生劇痛，誘導妳無條件地服從教會的規則……妳要是繼續想下去，整個眼球都會炸掉！」

我馬上做出了說明，但是這種時候說明得愈清楚反而會造成反效果。不論什麼人都沒辦法一聽見指示就靈活地停止自己的思考。

聽見我聲音的愛麗絲隨即用力閉上雙眼。但是投射在她瞳孔上的紅色文字列不可能就此消失。騎士的雙手在空中摸索，碰到我的雙肩後就用力抓住它們。每當傳出細微的悲鳴聲時，她的雙手就會非常用力，而我的骨頭與肌肉當然也被抓得發疼，但是這跟愛麗絲承受的痛苦比起來根本不算什麼。

覺得這樣至少能幫助她不再胡思亂想的我，一邊用力以雙手固定住愛麗絲的臉，一邊利用一半的腦袋繼續推測。

包含愛麗絲在內的幾名整合騎士已經突破一次禁忌了。也就是這樣才會被公理教會帶走並接受合成祕儀。

但是僅就愛麗絲的例子來看的話，當她八年前犯下「入侵黑暗領域」的罪過時，應該沒有發生過右眼破碎的情況。我從來沒有聽見尤吉歐提過這種事。根據他的說明，年幼的愛麗絲似乎是在無意識中越過境界線。也就是說愛麗絲的意識裡不存在主動突破禁忌的明確思考。

現在襲擊愛麗絲的心理障壁應該只會對積極想突破規則的意志產生反應吧。當出現這種想法的瞬間，首先右眼會開始發疼，接著就會有ＳＹＳＴＥＭ　ＡＬＥＲＴ的紅色文字擾亂對象者的思考，讓他再次產生對禁忌的恐懼心。地底世界人民原本就不太會想違反規則，再加上這種跟神明懲罰極為相似的心理障壁，應該就能夠讓他們完全遵守法規。

但是，如果這層心理障壁是由ＲＡＴＨ工作人員所賦予，將會產生相當大的矛盾。

因為在地底世界進行的實驗，目的應該就是打破規則……正確來說是要產生面對制定的規則時，能夠自行判斷其好惡的人工搖光。當地底世界的人民好不容易要有突破性進展時，卻用這種粗魯且暴力的心理障壁來強迫他們退後，根本只能說是本末倒置。

也就是說，設置這種ＳＹＳＴＥＭ　ＡＬＥＲＴ的人，應該是故意要延遲實驗成功的時間……

如果真是如此，那個人到底是誰，又究竟有什麼樣的目的呢？

難道是希茲克利夫……茅場晶彥的複製意識幹的好事？雖然一瞬間有這種想法，但馬上就告訴自己不可能。希望創造出真正異世界的他，不可能會阻礙人工搖光的進化。說起來呢，依那個男人的個性，應該不可能使用這種強硬手段。看來這應該是ＲＡＴＨ這個組織的敵對勢力，或者是個人所做出的妨礙工作吧。

如果指揮ＲＡＴＨ的是身為自衛官的菊岡誠二郎，那麼就能預想出許多敵對勢力了。比如說自衛隊內部與菊岡敵對的集團，或者獨占國內國防產業的大企業，更天馬行空一點的話，甚至連外國的武器製造商或者情報單位都有可能出現。

但是，就算這些巨大勢力企圖要妨礙ＲＡＴＨ好了，有必要採取如此麻煩的手段嗎？如果擁有寫出妨礙程式來影響人工搖光的權限，那麼應該可以迅速破壞地底世界的本質，也就是LightCube Cluster吧。

也就是說，那個人只是故意要拖延實驗的時間，並不希望它完全消失。故意拖延實驗，是在等待什麼事情發生嗎？可能是某件需要花上許多準備時間的大規模作業——比如說……奪取包含LightCube Cluster在內的所有實驗成果。

當想到這裡時，我便感到一陣戰慄，結果雙手當中的愛麗絲忽然發出細微的聲音。

「……太過分了……」

我回過神來，低頭看著整合騎士的臉。

經常保持優美線條的眉毛整個皺了起來，眼角也出現小小的水滴，緊咬住的嘴唇更是幾乎快滲出血來了。

她失去血色的嘴唇開始顫抖，接著再次發出斷斷續續的聲音：

「這實在……太過分了……不只是記憶，想不到連意識都被某個人操縱了……」

愛麗絲緊抓住我兩邊肩膀的雙手因為悲傷，或者是憤怒而劇烈震動。

「是最高司祭……大人……把這個……把這些神聖文字烙印在我眼裡的嗎……？」

「我想不是……」

我反射性地搖了搖頭。

「是創造了這個世界，然後從外側進行觀察……也就是沒在創世紀裡登場的眾『神明』之一所做的事。」

「……神明……」

透明的水滴從愛麗絲雙眼無聲地落下。

「我們整合騎士為了保護神所創造的世界，每天都在不停地戰鬥……就算是這樣，神明還是不相信我們嗎？不但奪走我家人和妹妹的回憶，甚至還在我身上加了這樣的封印……強迫我服從祂……」

我實在無法想像重生為神之騎士的愛麗絲，這時究竟產生多大的衝擊與混亂，以及感受到多麼深的絕望。我只能屏住呼吸，默默守護著眼前的愛麗絲，結果她忽然迅速張開眼睛。

橫跨右眼藍色虹膜的反向文字依然發出鮮豔的深紅光芒。但是愛麗絲卻完全不在意，只是筆直地凝視天空——以及從黑雲縫隙中浮現出來的藍白色月亮。

「我不是玩偶！」

愛麗絲以沙啞但是凜然的聲音大叫著：

「我或許是被創造出來的存在，但我依然有自己的意志！我想要守護這個世界……以及生活在這裡的人民。我也想保護家人和妹妹。這是我唯一應盡的使命！」

右眼的文字列發出「嘰————」的尖銳金屬聲，而且光芒也開始增強。刻劃在虹膜外圍的條碼也再次高速旋轉了起來。

「愛麗絲……！」

預測出接下來即將發生的現象後，我馬上大叫了起來。

愛麗絲並沒有看向我，只是壓低聲音呢喃著：

「桐人……用力壓住我。」

「…………嗯。」

這時我也只能點頭了。我把雙手從愛麗絲臉龐移到她雙肩的護甲上，然後隔著黃金護甲用力按住騎士不停輕輕顫抖的身體。

愛麗絲甩了一下金髮，接著昂首仰望天空，用力吸了口氣。

「最高司祭亞多米尼史特蕾達……以及無名之神啊！我為了履行自己應盡的責任……決定要和你們對抗！」

凜然的聲音說出獨立宣言。

在餘韻未消失前，愛麗絲右眼的深紅光芒已經變成光柱爆發出來。

溫熱的血沫立刻沾濕了我的臉頰。

2

尤吉歐。

尤吉歐……

怎麼了？

作惡夢了嗎……？

油燈的橘色光芒隨著「啵」一聲柔和的聲音亮起。

站在走廊上的尤吉歐把半邊臉埋在雙臂抱住的枕頭下，然後像要躲在稍微敞開的門後面般窺看房間裡面。

不算太大的房間深處放著兩張簡樸的木床。右側那張床目前沒有人，上面冷冷放著摺得相當整齊的棉被。

而左邊的床上則可以看見一道細長的人影，對方正撐起上半身看著尤吉歐。因為右手上油燈的光芒而看不清楚那個人的臉孔。但能看見從充滿光澤的純白睡衣那稍微敞開的胸口，露出了更加雪白光滑的肌膚。而披在床上的長髮看起來就像絲絹一樣柔軟。

橙色光芒深處，好不容易才能看見的光豔嘴唇正露出溫柔的微笑。

那裡很冷吧。來，到我這裡來吧，尤吉歐。

輕輕抬起來的棉被下方充滿看來濃稠且溫暖的黑暗，而這也讓尤吉歐更加感覺到在走廊上流動的冰冷空氣。尤吉歐不知不覺間腳就跨過門口，然後踩著虛浮的腳步搖搖晃晃地往床鋪走去。

不知道為什麼，愈是靠近燈光就愈弱，讓躺在床上的女性臉孔隱藏在無聲擴散的黑暗當中。但尤吉歐卻一心想鑽進溫暖的黑暗裡，於是便拚命驅動雙腳。他的步伐愈來愈小，視點也跟著愈來愈低，但他卻很不可思議地完全不在意。

好不容易才到達的木床高度相當高，尤吉歐丟出抱在手中的枕頭，然後踩著它死命爬到床上去。

這時他的頭立刻被柔軟的布料罩住，視界也跟著變暗。在某種渴望的催促下，尤吉歐不停往黑暗深處爬去。

最後，伸出來的手指終於觸碰到溫軟柔嫩的肌膚。

尤吉歐拚命抱住對方，並且把臉埋了進去。濕潤的肌膚簡直像要把尤吉歐包覆住一樣溫柔地蠢動著。

在令人麻痺的滿足感以及更勝於此的渴望煎熬下，尤吉歐死命地抱住對方。感覺光滑的手臂抱住自己的背部並且摸著自己的頭後，尤吉歐便小聲問道：

「媽媽……？是媽媽嗎？」

馬上有聲音回答了他：

是啊……我是你媽媽喔，尤吉歐。

「媽媽……我的媽媽……」

尤吉歐一邊深深陷入溫暖潮濕的黑暗當中，一邊這麼呢喃著。

感到沉重又麻痺的頭腦角落，忽然有疑問像從泥沼浮上來的泡沫般彈出。

媽媽……有這麼瘦，而且皮膚還這麼柔軟嗎？應該每天都在麥田裡工作的雙手，為什麼沒有任何傷痕？而且……應該睡在右邊床上的爸爸到哪裡去了呢？還有每次當我想跟媽媽撒嬌就會跑來搗亂的哥哥們呢……？

「妳真的……是我媽媽嗎？」

當然是啦，尤吉歐。是只屬於你一個人的媽媽喔。

「但是……爸爸和哥哥們到哪裡去了？」

呵呵呵。

這孩子真是奇怪。

他們……

不是都被你殺掉了嗎？

手指突然滑了一下。

尤吉歐把抬到眼前的左右手張開來。

明明是在黑暗當中，但是卻能看見十隻手指上不停滴下濃稠的鮮紅血液。

「……啊啊啊啊啊啊啊啊！」

尤吉歐隨著悲鳴跳了起來。

然後死命地把黏糊糊的手在上衣上擦著。當他一邊發出悲鳴一邊擦拭了好幾次時，才發現將雙手弄濕的不是血，而是普通的汗水。

原來我在作夢——即使這麼想，跳得如戰鼓的心跳以及滲出的大顆汗水卻一直無法停下來。而且剛才那異常恐怖的夢境也一直陰魂不散地冷冷貼在他背部。

——明明離開村子之後……就幾乎沒想起過爸媽了。

尤吉歐在心中這麼低聲說完後便用力閉緊眼睛，接著更不停急促地呼吸著。

盧利特村的少年時代，母親除了田裡的工作與照顧羊隻之外，還必須處理各種家事，所以幾乎沒有時間溫柔地照顧尤吉歐，從懂事開始就已經不跟母親睡在同一張床上，而且尤吉歐也沒有對此感到不滿的記憶。

——但為什麼到現在才作這種夢呢……

尤吉歐用力搖了搖頭來停止思考。作什麼夢是由月神露那利亞隨意決定的。剛才的惡夢一定也沒有什麼特別的意義。

呼吸稍微穩定下來後，尤吉歐內心馬上湧起自己身在何處的疑問。於是他便保持著蹲姿，試著悄悄睜開眼睛。

首先進入視界的是一條上面繡有精密圖案，而且絨毛相當長的深紅色絨毯。即使尤吉歐已經慢慢將視線往上抬，但面前這條在北聖托利亞五區織品專賣店裡不知要花多少錢才能買得到的絨毯還是一直往前延伸。

當他把臉面向正前方時，終於在遠處看見了牆壁。

雖說是牆壁，也跟一般的木板或是石頭堆積起來的牆壁不同。除了有著巨劍外型的黃金柱子等間隔往前排列之外，柱子之間還都嵌著巨大的玻璃。所以與其說是牆壁，倒不如說是一連串的窗戶。就連四皇帝的居城裡，都沒有像這樣奢侈地使用貴重玻璃的房間吧。

全貼著玻璃的牆壁後方可以看見幾朵受到月光照射而發出藍光的雲，看來這間房間位在比雲還要高的位置。

繼續把視線往上抬後，就能發現藍白色滿月掛在夜空的一角。月亮周圍則有多到令人驚訝的星星靜靜閃爍著。從濃密星空照落的光芒實在太過明亮，讓尤吉歐花了一點時間才注意到現在已經是深夜。從月亮的高度來看，應該才剛過半夜十二點。距離自己沉睡時已經過了一天，變成五月二十五日了。

尤吉歐最後又仰頭看著正上方。雖然看見遙遠處呈現正圓形的天花板，但是卻沒有通往下一層的樓梯。這也就是說，這間房間就是中央聖堂的最上層囉？

寬廣的天花板畫著色彩鮮豔的美麗圖畫。從發出光輝的眾騎士、被打敗的魔物、分斷大地的山脈來看……這應該是創世紀的圖畫吧。而且各個地方都可以看見畫中埋著像星星般閃亮的水晶。

但是不知道為什麼，這個主題不可或缺的創世神史提西亞卻沒有出現在祂應該存在的中央部分。該處只塗了純白的顏料，讓整幅畫洋溢著一股難以言喻的虛無感。

皺了一陣子眉頭後，尤吉歐才把臉移回來。當他從四肢著地的姿勢撐起身體時，背部像是碰到了什麼東西，於是便急忙轉過身去。

「…………！」

維持轉身動作的尤吉歐頓時說不出話來。位在他身後的，原來是一張超級大床的側面。

和房間同樣是圓形的床直徑大約有十梅爾左右。另外還有四根黃金柱子支撐住同樣是金色的天篷，然後從上面垂下幾層紫色薄布。鋪在床面上的東帝國產絲絹純白床單，在窗外的星光照射下發出些許亮光。

而床的中央——可以看見一道人影躺在上面。但因為被從天花板垂下來的半透明薄布遮住，所以只能看見曚曨的輪廓。

尤吉歐屏住呼吸，宛如彈簧般站了起來。他實在無法相信，這好幾分鐘裡都沒發現距離自己這麼近的地方還有另一個人在。不對，更重要的是，自己好像已經靠在這張床的側面沉睡好幾個小時了。自己為什麼會來到這種地方呢——

想到這裡後，尤吉歐才終於回想起留在中斷記憶裡的最後一個場景。

——對了……我和騎士長貝爾庫利……童話裡的英雄對戰。

——利用藍薔薇之劍的「記憶解放術」把騎士長和自己一起冰住……在雙方的天命快要歸零之前，出現一名穿著華麗小丑服的矮小男人……好像是什麼元老長裘迪魯金，然後說了許多奇怪的話。最後那傢伙的鞋子就一邊踩碎冰薔薇一邊靠了過來……之後就……

記憶似乎就在這裡中斷了。可能是那個小丑男把自己帶來這裡的吧，至於原因就不清楚了。尤吉歐下意識摸了一下腰部，結果發現藍薔薇之劍已經消失不見了。

尤吉歐一面承受霎時襲上心頭的不安，一面凝視著床上的人影。那到底是敵人還是同伴……等等，這裡無疑是在中央聖堂當中，而且還很有可能是最上層。出現在這種地方的人，怎麼可能是同伴呢。

雖然他認為應該躡手躡腳離開房間，但最後還是抵不住想知道是誰在床上睡覺的好奇心。不過就算再怎麼挺直背桿，都因為床中央垂下來的薄布而看不見對方的臉。

尤吉歐屏住氣息，悄悄把右膝放到床上。

白絹床單就像淡雪般深深沉了下去，讓尤吉歐急忙用雙手撐住身體。結果手也深深陷進光滑的布料當中。

剛才那場恐怖夢境裡吞噬了尤吉歐的床鋪觸感再次鮮明地復甦，讓他的背部不自覺地顫抖，然後才在不發出聲音的情況下把左腳也放到床上。接著便直接緩緩往床中央爬去。

在難以置信的巨大床面上慎重爬著前進時，尤吉歐忍不住就考慮起如果包裹在床單下的是最高級的羽毛，那到底要多少隻鳥才能製作出這樣的床墊來呢？還在盧利特村的時候，自己每天收集家鴨掉下來的羽毛，最後也得花上半年的時間才能製作出一條薄被。

尤吉歐在從天花板垂下來的薄布前先停了下來，接著豎起了耳朵。這時可以聽見極細微，而且相當規律的呼吸聲。對方似乎還在睡覺的樣子。

尤吉歐畏畏縮縮地伸出右手。指尖伸到薄布下方後，隨即緩緩將它拉起。

藍白色光芒照耀到床中央的瞬間，尤吉歐馬上瞪大了眼睛。

躺在床上的是一名女性。

穿著銀線滾邊的淡紫——與「史提西亞之窗」同樣顏色——薄睡衣，雪白纖細的雙手則疊在身體上方。尤吉歐先是看見她如人偶般纖細的手臂與手指，接著在看見正上方將薄薄布料整個往上撐的豐滿隆起後，立刻急忙把視線繼續往上移。從大大敞開的衣領露出的胸口也像能發光般白皙。

最後尤吉歐才看見了女性的容貌。

那個瞬間，他似乎有種靈魂被吸走的感覺，讓他的視界裡再也看不見其他東西。

竟然會有如此完美的外表。簡直不像是人類了。在第八十層對戰的整合騎士愛麗絲也有著無可挑剔的美貌，但她的美麗依然屬於人類的範疇。不過這本來就是相當自然且正常的事情，因為愛麗絲原本就是人類。

但是睡在短短一梅爾前的那個存在——

就算是央都最棒的雕刻家耗費一輩子的時間，也不知道能不能雕出如此完美的造型。尤吉歐甚至找不出任何形容詞來描述她美麗的容貌。就算想用花朵來比喻她的嘴唇，也只會想到人界根本沒有花朵擁有如此楚楚動人的曲線。

不論是閉起來的眼瞼上方的睫毛，或者是披散在床單上的長髮，看起來都像是熔解的純銀一樣。在反射微暗的藍色與月光的白色後，發出冷冷的光芒。

尤吉歐就像是被甘甜花蜜引誘的飛蟲一樣失去了思考能力。

空無一物的腦袋裡填滿了想碰碰她的手、頭髮以及臉頰的欲望。

膝蓋一點一點地前進後，忽然就聞到一股從未聞到過的微香。

往前伸出的右手指尖，只差一點……只差一點就要碰到光滑的肌膚——

不行啊，尤吉歐……

快點逃！

感覺遠方好像有人這麼大叫。

小小的火花在他腦袋中央裡爆開來，稍微清除了一些包圍意識的濃霧。尤吉歐頓時瞪大雙眼，反射性把右手縮了回來。

——好像在哪裡聽過……那道聲音……

當他茫然這麼想著時，思考能力也跟著一點一點恢復了。

——我……到底是怎麼了……？在這裡做什麼……？

就在尤吉歐為了確認自己目前的狀況而把視線移到睡在面前的女性身上時，立刻再次有沉重的睡意鑽進他的頭部。這時尤吉歐趕緊把視線移開，並且用力搖頭來加以抵抗。

——快點想，快點想啊。

——我應該知道這個人是誰。她獨自睡在中央聖堂最上層，這張極盡奢華之能事的床上。也就是說，她擁有公理教會的最高權力——亦即是支配整個人界的人物……

簡言之，她就是最高司祭，亞多米尼史特蕾達。

尤吉歐在腦袋裡重複了好幾遍這個好不容易才想起來的名字。

這個人就是帶走愛麗絲，奪走她記憶並把她變成整合騎士的主使者。連擁有深不可測能力的賢者卡爾迪娜都無法匹敵的最強神聖術師。桐人與尤吉歐的終極敵人。

那個亞多米尼史特蕾達就睡在自己眼前。

——現在的話……說不定能獲勝……？

發抖的左手無意識中就往腰部移動，但那裡已經沒有藍薔薇之劍了。不知道是被元老長裘迪魯金奪走，還是依然被埋在覆蓋大浴場的冰層底下。就算對方正在睡覺，沒有武器的話……

不對。

身邊還有一把雖然小，但在另一種意義上來說比神器還要強的劍。

尤吉歐把左手從腰部移到胸口，輕輕按住上衣的布料。手掌立刻明確感受到堅硬的十字觸感。這是從卡迪娜爾那裡拿到的最後王牌。

只要用這把短劍刺中亞多米尼史特蕾達的身體，卡迪娜爾傳送過來的攻擊術就能穿透空間立刻把她燒死才對。

「…………嗚……」

但是尤吉歐只能隔著布料握住短劍，然後發出苦惱的嘆息聲。

這把短劍應該要用在整合騎士愛麗絲身上。當然不是為了燒死愛麗絲，而是要讓卡迪娜爾施術使她昏睡，然後恢復記憶變成原本的愛麗絲。如果不能辦到這一點，就算打倒亞多米尼史特蕾達對尤吉歐也沒有任何意義。當然也有可能只要打倒最高司祭，就能不用短劍也可以讓愛麗絲復原，但尤吉歐終究無法獲得明確的保證。

因為無法做出決定而緊咬住嘴唇的尤吉歐，這時似乎再次聽見了不可思議的聲音。

尤吉歐……快逃啊…………

但是在那道來自遠方的聲音傳達到尤吉歐的意識之前──

沉睡中的女性，雙眼的銀色睫毛已經微微震動了起來。

而尤吉歐只能呆呆凝視著雪白的眼瞼慢慢、慢慢地往上抬。這時別說是按住短劍的左手了，就連視線也完全無法動彈。好不容易才取回的思考能力也再次消失得無影無蹤。

女性先是閉上微微張開的眼瞼，接著像是要讓尤吉歐心焦般不斷慢慢眨著眼睛。到了第三次眨眼睛時，眼睛終於完全睜開了。

「啊…………」

尤吉歐沒有發現從自己嘴裡發出了嘆息聲。

他從來沒有在任何人類身上看見過這樣的眼睛，因為那雙眼睛有的只是一片純粹的銀色。宛如水面般搖晃的淡淡七彩光輝點綴在有如鏡子的虹膜上，而且帶著足以讓世界上所有寶石相形失色的神聖光輝。

在床上用膝蓋撐著身體的尤吉歐此時已經僵硬得跟石像一樣，而他眼前剛醒過來的女性則是用完全感覺不到重量般的動作緩緩抬起上半身。雙臂仍然放在胸部下方的女性就像被透明力量拉起來般坐起身子後，銀色長髮就在無風的情況下自動飄起並且聚集，然後才往女性背後流去。

睜開眼睛後就多出一些稚氣的女性——也有可能是少女，就像是完全不在意尤吉歐的存在般把右手抬至嘴角並且打了個小小的呵欠。

接著把伸得筆直的雙腳往右邊彎曲。纖細身體的重心傾斜後，她便將左手撐在床單上。維持這種嬌豔姿勢的少女，這時終於把臉往左邊移動，然後筆直看著尤吉歐。

那是一雙邊緣閃爍著七彩光芒的純銀眼睛。由於沒有瞳孔，所以看起來完全不像人類的眼睛。雖然相當美麗，但是就像鏡子一樣反射了所有的光線，讓人無法看透她的內心。

當尤吉歐看著兩面小鏡子映照出臉上出現茫然表情的自己時，少女光艷的珍珠色嘴唇就輕輕動了起來。那如蜂蜜般甘甜、如水晶般清澈但是又帶著一絲嬌豔的聲音這麼說道：

「可憐的孩子。」

尤吉歐花了一些時間才理解她說了什麼。但完全沒有發現思考力已經變遲鈍的尤吉歐只是呆呆地反問：

「咦……？可憐……？」

「是啊。真的很可憐。」

那是同時帶有無垢的純潔感以及一觸即碎的危險性，能夠讓聽者心跳不已的聲音。

珍珠色的光艷嘴唇依然帶著淺淺微笑，然後繼續發出甘甜的聲音：

「你就像盆栽裡枯萎的花朵一樣。無論根部再怎麼在土裡擴張，枝葉再怎麼靠著風吹挺直，還是接觸不到任何水滴。」

「……盆栽裡的……花……」

尤吉歐皺起眉頭，試著去理解這段不可思議的話。雖然思緒仍被包覆在迷霧當中，但少女的話卻能夠引起某種錐心之痛。

「你也很清楚自己有多麼飢渴吧。」

「……對什麼感到飢渴……？」

嘴巴自己動了起來，接著就有沙啞的聲音這麼問道。

少女鏡子般的眼睛凝視著尤吉歐，然後在依然帶著微笑的情況下回答：

「當然是愛啦。」

她說……愛？

簡直就好像……我……不知道什麼是愛一樣……

「沒錯，你是個不知道什麼是被愛的可憐孩子。」

沒這回事。

媽媽她是……愛著我的。作惡夢而睡不著時……她會抱著我，唱搖籃曲給我聽。

「但她的愛真的只屬於你一個人嗎？不是吧？其實那是分給你其他兄弟後剩下來的愛吧……？」

不是的。媽媽她……她只愛我一個人……

「希望她能只愛你一個，但她卻沒有這麼做。所以你才會怨恨奪走母愛的爸爸以及哥哥們。」

不是的。我……我沒有怨恨爸爸和哥哥們。

「是這樣嗎……？因為，你不是砍了人嗎？」

…………

砍了誰……？

「可能是第一個只愛自己的紅髮女孩……你砍了那個想用強硬手段侮辱紅髮女孩的男人。因為你恨他奪走只屬於你的東西。」

不是的……我不是因為這種理由而對溫貝爾揮劍。

「但是你的飢渴還是沒有得到舒緩。沒有任何人愛你。每個人都忘記你了。他們不需要，而且也拋棄你了。」

不是的……不是那樣。我……我沒有被拋棄。

沒錯……不是那樣的。我還有愛麗絲。

一想起這個名字，感覺整個覆蓋在意識上的霧氣就稍微變淡了一點，於是尤吉歐立刻用力閉上眼睛。這樣下去不行，得立刻採取行動啊——湧上來的危機感這麼對他呢喃著。

但是在他實際採取行動前，蠱惑的聲音又快一步從他雙耳滑進腦袋當中。

「真的是那樣嗎……？那個孩子真的只愛著你嗎……？」

那是憐憫當中又藏著一些笑意的聲音。

「看來你已經忘記了。那我就幫忙讓你想起藏在內心最深處的真正記憶吧。」

結果尤吉歐的視界立刻產生傾斜。

使用了大量羽毛的床鋪消失，整個人就像是掉進又黑又深的洞穴。

下一刻，他的鼻子忽然就聞到了清晰的青草味道。

視界的角落有從綠色樹葉間透下來的日光正在閃爍，踩著草皮的腳步聲與交互響起的鳥鳴聲重疊在一起。

回過神來之後，尤吉歐才發現自己獨自走在蒼鬱的森林當中。

他感覺視點變低，步伐也變小了。低頭一看之下才發現露在麻布短褲外的，是小孩子又細又軟弱的腿。但是胸口的不適應感立刻消失，取而代之的是壓倒性的焦躁感與寂寥感。

不知道為什麼，今天從早上就沒看到愛麗絲了。

結束上午照顧牛隻與拔除菜園雜草的工作後，尤吉歐立刻跑到平常的集合地點——村外的老樹下。但是等了許久愛麗絲還是沒有來，而且另一名兒時玩伴黑髮少年也沒有出現。

等待兩個人直到太陽升上天空最高點後，尤吉歐才在帶著難以言喻的不安下垂頭喪氣地走到愛麗絲家。一定是做了什麼惡作劇被發現，所以被禁足了。心裡雖然這麼想，但是出來迎接尤吉歐的滋貝魯庫大嬸卻歪著頭說：

「奇怪了，今天很早就出門啦。因為小桐來接她，我還以為小尤一定也跟他們在一起呢。」

含糊道完謝後就離開村長家的尤吉歐，一邊感覺不安已經變成焦躁一邊在村裡到處尋找。但侍衛長的兒子吉克和他手下所占領的中央廣場就不用說了，就連其他遊戲場地與祕密基地都找不到桐人與愛麗絲的身影。

目前就只剩下一個地方有可能了。那是他們在其他孩子不會接近的東方森林深處所找到的正圓形草地。大人們通常把這種地方稱為「妖精之圓」，而那個擁有許多花草與甘甜樹果的地方，正是只屬於他們三人的祕密地點。

在寂寞與疑惑，以及另一種不知名感情的驅使下，快要流出眼淚的尤吉歐就這樣拚命往該處跑去。

穿越曲折的小道，靠近由粗大老樹圍成圓形的祕密空地時，前方的兩棵樹幹之間忽然可以看見金色光芒晃動，嚇了一跳的尤吉歐立刻停下了腳步。

尤吉歐確定光芒是來自於愛麗絲的金髮，因為他早已相當熟悉了。不知道為什麼，尤吉歐反射性屏住呼吸並豎起耳朵傾聽。結果壓低的對話聲就這樣斷斷續續地乘著風傳到他耳裡。

為什麼……為什麼呢？

尤吉歐的腦海裡不停重複這句話，然後躡手躡腳地走向空地。他抱持著快承受不住的悲慘心情，隱身在長滿青苔的樹幹後，朝著洋溢索魯斯光線的祕密地點看去。

四處綻放的各色花朵中央，愛麗絲正背對著尤吉歐坐在地上。雖然看不見她的臉，但尤吉歐絕對不會認錯那柔順的筆直金髮、深藍色洋裝以及白色圍裙。

而她的旁邊還有一顆長著堅硬黑髮的頭。那是自己無可取代的好友，桐人。

緊握的雙手滲出了大量冷汗。

恰巧吹起的風，直接把桐人的聲音帶到茫然站在現場的尤吉歐耳裡。

「我說啊……我們差不多該回去了吧。會被發現的。」

接著就是愛麗絲回答的聲音。

「還不要緊啦。再一下下……再一下下就好了，可以吧？」

不行。

我不想再待在這裡了。

但是尤吉歐的腳卻像被樹根纏住般完全無法動彈。

用盡辦法都無法移開的視線前方，愛麗絲的頭正靜靜地往桐人靠去。

接著又是斷斷續續的呢喃聲。

明亮的陽光下，在盛開花朵中央依偎在一起的兩個人，看起來就像一幅畫一樣。

不會的。

不可能。這一切全都是幻覺。

尤吉歐在暗處大叫著。但無論他再怎麼否定，還是逐漸了解這個景像正是從自己記憶最深處喚醒的真實，於是胸口頓時充滿了苦水。

「看……我就說吧？」

嘻嘻……

混雜著竊笑的呢喃聲將森林的光景完全消除掉。

即使回到中央聖堂最上層，最高司祭寢室的巨大床鋪上，烙印在尤吉歐眼瞼裡頭的金色光輝還是久久沒有散去。而且愛麗絲與桐人的耳語也一直迴盪在他耳朵深處。

在森林裡遇見桐人是兩年前的事情，應該距離愛麗絲被教會帶走已經有很長一段時間了，連這樣的理性聲音也無法打消累積在尤吉歐胸口的黑色感情。近處的銀髮少女對著瞪大雙眼且呼吸急促的尤吉歐露出憐憫的表情。

「這下應該知道了吧……？連那個孩子的愛都不是只屬於你一個人的。不對……真要說起來，一開始就不知道有沒有你的份了呢。」

甘甜的聲音不斷滑進尤吉歐身體當中，而且每次都讓他的思考產生極大的混亂。這時他內心浮現出無盡的飢渴與孤獨。感覺心靈表面也出現裂痕，接著開始一片片地掉落。

「但我就不同了，尤吉歐。」

至今為止最具誘惑力的聲音，就像含了大量蜜汁的果實所散發出來的芳香般直接流進尤吉歐耳裡。

「我會給你我的愛。我全部的愛將只交給你一個人。」

茫然瞪大暗沉眼睛的尤吉歐，視線前方那名銀髮與眼睛都發出艷麗光輝的少女——公理教會最高司祭亞多米尼史特蕾達臉上露出了令人融化的微笑。

她動著沉在柔軟床單裡的腳，將上半身筆直挺起。

接著緩緩抬起雙手，以誘人的態度玩弄著綁在淡紫色睡衣胸前的緞帶。

纖細的指尖抓住由銀線編成的緞帶前端，然後一點一點往下拉。

已經有一半露在寬廣衣領外的柔嫩雪白隆起像在誘惑尤吉歐般搖晃著。

「到這裡來吧，尤吉歐。」

那道呢喃聲就像在夢中聽見的母親的聲音，也像是幻影中愛麗絲傳到自己耳裡的聲音。意識遭受阻礙的尤吉歐，就這樣凝視著紫色布料像花瓣般擴散，並掉落到極為纖細的腰部附近。

那種模樣簡直就像一朵花——而且是以強烈芳香與滴落的蜜汁來幻惑、捕捉昆蟲與小鳥的魔性之花。

尤吉歐心裡雖然還殘留著這樣的感覺，但是紫色花瓣中央那楚楚可憐的純白花蕊所散發出來的誘惑實在過於強烈，讓思緒已經因為剛才的幻覺碎成無數碎片的尤吉歐直接被充滿黏性的液體拖了進去。

從來沒有人給過你，能夠讓你真正滿足的愛意。

亞多米尼史特蕾達這麼說。而尤吉歐也已經慢慢同意這句話具有一部分的事實了。

尤吉歐本身從小就全心全意地愛著父母、兄弟以及好友。看見母親因為自己摘來的花朵而高興，父親與哥哥津津有味地吃著自己抓來的魚時，尤吉歐自己也會感到相當開心。就連聽到壞心眼的吉克與他的同夥有人感冒，尤吉歐也會到森林裡收集藥草並送到他們家裡去。

但是那群人回報了你什麼？那些人給過什麼東西來回報你的愛嗎？

沒錯……他想不出來。

眼前亞多米尼史特蕾達的微笑再次扭曲，過去的場景也重新復甦。

那是自己滿十歲的春天……在村子的廣場和一大群孩子一起接受村長授予「天職」的日子。緊張的尤吉歐不停瞄著台下，而從卡斯弗特村長口中說出的，竟然是「基家斯西達的伐木手」這意想不到的天職。

但還是有一部分孩子發出羨慕的聲音。伐木手是從盧利特開村時期就一直傳承下來的名譽天職，雖然沒有劍但是能拿到真正的斧頭。尤吉歐在這個時候也絕對沒有感到任何不滿。

握緊綁著紅緞帶的羊皮紙任命狀，衝回村子外圍的自宅後，尤吉歐便以有些驕傲的心情向家人宣布自己的天職。

一陣沉默之後，最先有反應的是最小的哥哥。他咂了一下舌頭，恨恨地丟出一句「還以為今天起就不用掃牛糞了。」大哥跟著向父親表示今年插秧的計畫有變了，而父親也低聲向尤吉歐詢問這個工作幾點結束，回家後還能幫忙田裡的工作嗎？至於母親則像是害怕不高興的男人們一樣，一言不發地消失在廚房當中。

之後的八年裡，尤吉歐在家裡就經常感到無地自容。但他作為伐木手賺來的工資也全部交給父親管理，等回過神來才發現家裡的羊隻不知不覺中增加，而且農具也更新了。被任命為侍衛見習生的吉克就能把工資全花在自己身上，大白天就吃著夾了一大堆肉的麵包，而且經常炫耀帶著鉚釘的靴子，以及收在光亮皮製劍鞘裡的長劍。而尤吉歐就只能穿著破爛的鞋子走在這樣的吉克面前，然後身上的麻袋裡也只裝著賣剩下來的堅硬麵包。

「看吧？你心愛的人們，曾經為了你做過什麼事情嗎？他們因為你的悲慘而感到喜悅，甚至還嘲笑你對吧？」

沒錯……正是如此。

十一歲的夏天，愛麗絲被整合騎士帶走之後又過了兩年左右，吉克就跟尤吉歐這麼說了。

他說村長家的女兒不在之後，這個村子裡就沒有女生願意理你啦。

那個時候，吉克的眼睛很明顯帶著「你活該」的意思。尤吉歐原本跟村子裡最可愛，同時也是神聖術天才的愛麗絲最為熟稔，而吉克就為他失去這個特權而感到高興。

結果盧利特村裡沒有一個能報答尤吉歐心意的村民。付出這麼多的尤吉歐明明有權利可以取回等價的報答，但是卻被用不當的手段奪走了。

「這樣的話，你應該可以把悲慘與悔恨的感情還給他們吧？你也想這麼做吧？成為整合騎士之後，乘著銀色飛龍凱旋回到故鄉的話……一定很威風吧。讓那些瞧不起你的傢伙全都趴在地上，然後把閃閃發亮的靴子踩在他們頭上。當你這樣做之後，才算把被奪走的東西連本帶利地討回來。而且不只是這樣……」

銀髮美少女像是要吊人胃口般緩緩移開覆蓋在胸口的兩條手臂。失去支撐的兩處隆起，馬上像成熟的果實般柔軟地彈跳著。

最高司祭亞多米尼史特蕾達把雙臂筆直伸向尤吉歐，臉上露出動人的微笑並低聲說道：

「你將會首次嘗到被人所愛的喜悅，並且擁有從頭到腳都如同酥麻一樣的真正滿足。我和那些只會掠奪你的傢伙不同。如果你愛我的話，我也會回報你等價的愛。愛我愛得愈深，我就會讓你嘗到從未想像過的無上喜樂。」

尤吉歐的思考能力似乎已經快被魔性之花吸得連一滴都不剩了，但他殘留在內心的一小部分理性還是做出了些許抵抗。

——愛……真的是這樣嗎？

——它是和錢一樣……可以用價值來衡量的東西嗎……？

不是的，尤吉歐學長！

尤吉歐聽到這個聲音後就把視線移了過去，結果發現身上穿著灰色制服的紅髮少女正在黑暗的另一端拚命朝自己伸出手來。

但是就在尤吉歐也對她伸出手之前，好幾層厚重的漆黑綢緞布幕就降了下來，而紅髮少女在露出悲傷的眼神後就消失了。

結果這次換成另一個方向傳出其他人的聲音。

不是的，尤吉歐。愛絕對不是需要回報才能獲得的東西。

回過頭之後便看見黑暗中出現一小塊草原，有一名穿著藍色洋裝的少女站在那裡。少女的藍色眼睛像是這個無底泥沼的唯一出口一樣發出炫目光芒，讓尤吉歐鞭策著無力的雙腳準備往該處前行。

但是黑色布幕又再次降下，綠色原野也跟著消失無蹤。失去光線的尤吉歐頓時不知所措而只能蹲在現場。他再也承受不住滾燙的飢渴感。想到自己從小就遭受不當的虐待、搾取，應該獲得的東西也一直被人奪走後，悲慘與悔恨的感情隨即變化成濃濃的鹽水折磨著他的喉嚨。

尤吉歐終於垂下頭，一點一點朝著散發出濃烈甘甜香味的蜜之泉爬去。

撥開光滑的絲綢床單往前伸去的指尖碰到了冰冷的肌膚。尤吉歐一抬起臉，便看見擁有女神般美貌的銀髮少女一邊露出超然的微笑，一邊握住自己的手。

右手被溫柔地往前拉之後，無法抵抗的尤吉歐便往前倒去。一絲不掛的身體撐住尤吉歐，然後就有足以讓人融化的溫柔聲音包覆著他。

他的耳邊響起帶著甘甜氣息的呢喃聲。

「你很想要我吧，尤吉歐？想要忘記一切悲傷，盡情地享受我吧？但是還不行喔。我說過了，你必須先給我你的愛。來吧，帶著只相信我一個人，把一切全奉獻給我的意念，詠唱我告訴你的術式吧。那麼……首先是神聖術的起句。」

對尤吉歐來說，只有重重包圍住自己的甘甜柔嫩感覺才是唯一的現實了。

處於茫然狀態的尤吉歐感覺自己開口並且發出沙啞的聲音：

「System……call。」

「沒錯……接下去是……『Remove Core Protection』。」

最高司祭亞多米尼史特蕾達的聲音首次因為參雜某種感情而產生些許震動。

尤吉歐則壓低聲音詠唱出第一句未曾聽過的術式：

「Remove……」

按照對方賦予的命令行事後，尤吉歐便感覺自身的存在感愈來愈輕，也愈來愈淡。長時間以來一直折磨著尤吉歐的飢餓與口渴感，全都溶化在甘甜的蜜汁裡消失了。同一時間，至今為止一直存在他心靈中央的重要感情也開始崩毀並失去形跡。

——這樣做真的好嗎……

雖然逐漸變得空虛的心底深處爆出小小的火花如此自問，但在得到答案前，嘴裡就已經丟出下一句術式：

「Core……」

——因為我不想再承受悲傷與痛苦了。

這個世上根本沒有絕對能獲得的愛。如果……如果奪回愛麗絲的記憶後，她也沒注意到尤吉歐呢？如果愛麗絲害怕、鄙視違反禁忌目錄砍下溫貝爾的手臂，然後反叛公理教會又與數名騎士交手的尤吉歐呢……？

如果要承受那種痛苦，倒不如現在就停下腳步。

詠唱第三句術式時，尤吉歐便矇矇矓矓地理解到兩年來的旅程將在這裡完全結束。但是，他心裡也確實存在如果這樣就能忘記痛苦又悲傷的過去——而且又能沉浸在銀髮少女給予自己的愛當中，那就這樣子吧的心情。

「沒錯……來吧，尤吉歐，到我身體裡來。」

帶著無比甘甜的呢喃聲就這樣流進尤吉歐耳裡。

「歡迎來到永遠的停滯當中……」

尤吉歐隨著一滴眼淚說出了最後的術式。

3

「嘿……呀……啊啊啊啊！」

我隨著豁出一切的吼叫聲，用不知道已經是第幾十次的吊單槓動作抬起身體，在把右腳勾住大理石邊角爬上去後，直接就趴到水平的地面上。

早已被濫用到超越極限的關節與肌肉像是直接遭到火烤般陣陣發疼。雖然大顆汗水不停沿著額頭與脖子流下，但根本沒辦法提起指頭來把它們擦掉，我就只能不停地急促喘息。這時極為真實且沉重的疲勞感，已經快讓我無法相信這裡是由ＳＴＬ所生成的假想世界這個大前提。

等到月亮出來後我便再次開始攀爬牆壁，經過大約兩個小時的苦戰才終於到達中央聖堂的第九十五層，但現在已經連環視周圍的力氣都沒有了。我伸長四肢閉上眼睛，等待天命稍微回復一些。

雖然配置了「米尼翁」的露臺距離目的地第九十五層只有七樓而已，但我卻花了龐大時間與體力才能爬上這麼點距離，原因就是我背上還背著一個用纖細鍊子固定住的黃金整合騎士。

數小時前，騎士愛麗絲・辛賽西斯・薩提雖然以自身意志力超越了所有地底世界人民應該都被施加了的「右眼封印」——也就是充滿謎團的SYSTEM ALERT，但自身也付出相當大的代價。

如碧玉般的右眼已經因為爆炸而消失，愛麗絲就是因為它造成的衝擊與疼痛而昏了過去。

雖然不確定是不是這個原因，但靈魂保存在人工記憶媒體LightCube的地底世界人似乎比較無法承受心理衝擊。在過於強烈的悲傷、恐懼或者憤怒的侵襲下——因為是不存在犯罪的世界，所以很少出現這樣的感情——似乎就會為了防止搖光發生致命性的錯誤而陷入一段時間的心神喪失狀態。就像兩年前，在北方山脈洞窟裡被哥布林集團抓走的愛麗絲的妹妹賽魯卡一樣。

所以我推測愛麗絲也只是為了緩和突破封印時的衝擊才會昏過去，一段時間後應該就會醒過來了。因為如果搖光出現致命性的錯誤，就會像主席上級修劍士萊歐斯·安提諾斯一樣當場死亡才對。

一想到這裡，就覺得兩天前在萊歐斯房間裡遭受同樣衝擊的尤吉歐沒失去意識而且還能揮劍實在太令人驚訝了。雖然和我一起被關進懲罰房後就暫時陷入茫然狀態，但只要和他說話，他還是能正確地回答。

雖然還不清楚地底世界人精神的脆弱性與對於命令的絕對服從性究竟從何而來，但是至少可以知道這些不是無法克服的問題。因為尤吉歐與愛麗絲已經親自證明了這一點。地底世界人雖然是人工智慧——也就是ＡＩ，但是他們靈魂擁有的力量與現實世界的人類沒有兩樣……

我一邊這麼想，一邊在配置了米尼翁的露臺上等待愛麗絲恢復，但一個小時後騎士大人還是沒有醒過來。雖然右眼已經用神聖術止住了血，但憑我神聖術的能力與目前的空間神聖力根本無法完全治癒傷勢。即使待機當中月亮已經升起，也再次開始供應空間神聖力，但是這些資源得用在生成巖石錐才行。覺得至少應該做些處理的我撕下上衣的下襬，以這即席的繃帶纏住愛麗絲的臉後，便下定決心直接背著昏過去的整合騎士往上爬。

解開綁住兩人身體的鍊子，接著把愛麗絲瘦削但快把我壓死的沉重身體揹到背上時，我真的認真考慮起把占了大半重量的黃金鎧甲與金木樨之劍放在這裡。但愛麗絲既然已經下定決心要和我共同戰鬥，把她的武裝丟掉只能說是相當愚蠢的策略。

再次下定決心，把背上的騎士用鍊子仔細固定住之後，我便繼續攀爬絕壁，朝著溶入夜色當中的中央聖堂上部前進。經過長達兩個小時的苦戰，終於看見新的露臺時，甚至還因為過於鬆懈而把一根巖石錐弄掉。不過現在也只能祈求底下不要有人了。

不論如何，像現在這樣攀爬了九十公尺垂直的絕壁，成功來到目的地第九十五層之後，稍微趴著休息一下應該也是無可厚非吧。其實就算有人說不行，我也打算再趴個三分鐘左右。

下定決心之後，我便暫時沉浸在全身放鬆的快樂當中，但背上傳過來的細微聲音卻妨礙了我的享受。

「嗚……嗚嗚……」

騎士開始蠕動，呼出來的氣息搔著我的脖子。

「……這裡是……我……怎麼了……」

發出這樣的呢喃聲後，愛麗絲便準備爬起來，但馬上就被鍊子所限制，而我暫時變輕的背部也再次感覺到重量。

「這條鍊子是……桐人……你不會是揹著我……爬到這裡來了吧……？」

沒錯，稍微感謝一下我吧。不過我能如此自言自語的時間也馬上就結束了。

「討厭啦，你渾身都是汗耶！會沾到我的衣服！快點放開我！」

我的後腦勺就隨著這樣的叫聲被人抓住，然後整個額頭被用力壓到大理石地板上。

「過分……實在太過分了……」

在催促下急忙解開鍊子把背上行李放下來的我，這時只能靠在附近的圓柱上發出嘆息。

但是騎士大人卻完全不把我奉獻的大量勞力當一回事，只是繃著一張臉拍著自己的白裙子。而且手一停下來，馬上又抓起被我揹在背上時一直緊貼著我脖子的袖子，然後皺起眉間。

看見她那種樣子，我也忍不住稍微諷刺了她一下。

「那麼在意的話，要不要乾脆去洗個澡啊，騎士大人？」

原本是想調侃愛麗絲的潔癖，但聽見我這麼說後她卻真的歪起脖子認真考慮起可行性，於是我急忙又加了一句：

「沒有啦，開玩笑的！我可不想再從這裡走回中層去囉。」

「你錯了，不用到那麼下面，僅僅五層底下……第九十層就有整合騎士專用的大浴場。」

「什麼……」

這次換成我有點猶豫起來了。脫離地下監牢後又經歷數場激戰，再加上出乎意料之外的攀牆行程後我已經是又髒又臭，老實說我也很想把髒掉的衣服與身體弄乾淨。

其實不用說浴室了，只要旁邊有水龍頭的話——我一邊這麼想，一邊確認周圍的狀況。

中央聖堂第九十五層被稱為「曉星望樓」，正如它的名字一樣，這裡是被設計成巨大瞭望台的場所。正四角形的樓層外圍沒有任何牆壁——所以我們才會以這裡為目標——只有約三公尺間隔設置的圓柱支撐著天花板。看見這種鏤空構造之後，就能夠知道為什麼亞多米尼史特蕾達會為了不太可能出現的入侵者，在略為下方的露臺上配置米尼翁了。

我和愛麗絲所站的地方是環繞最外圍的露臺，各處都有通往內側的短階梯。稍高的內部樓面擺放了大理石雕刻、翠綠的植樹以及幾張設計相當華麗的桌椅。除了深夜之外，白天只要坐在這裡的椅子上，應該就能享受四方無盡延伸的地底世界美景了吧。

這時可以看見連接上下樓層的大樓梯就設置在北側。雖然已經來到此地這麼久了，但除了我們之外似乎就沒有別的人影。

不知道尤吉歐是不是已經通過第九十五層了呢？

在第八十層和他分開之後，已經過了七個小時以上。正常情況下，費盡千辛萬苦攀爬外壁的我，和在內部使用樓梯的尤吉歐比起來，他應該老早就已經來到這裡了才對。

但問題是，比我們對戰的米尼翁還要強上不知道幾倍的敵人——整合騎士長貝爾庫利·辛賽西斯·汪應該會阻擋在尤吉歐面前。這名傳說中的英雄比經過一場激戰後差點和我同歸於盡的副騎士長法那提歐，以及輕鬆打敗我的愛麗絲還要強。

當然尤吉歐也相當有實力。光看劍技的話，他可能早已經超越我了。但是對上能夠稱為超人的整合騎士，光靠技術並沒有辦法取勝。必須要出乎對方的意料，並且利用周圍所有的狀況，也就是所謂的「不擇手段」戰術。個性嚴謹的尤吉歐真的能做到這一點嗎……

當我正感到煩惱時，同樣環視著四周的愛麗絲忽然對我搭話：

「我現在說的跟浴室什麼的沒有關係……但你那個叫作尤吉歐的同伴，應該還沒有上到這裡來吧。」

「咦？妳怎麼知道？」

「因為第九十五層是被吸到中央聖堂外部的我們唯一能夠再次回到內部的場所。一看到這裡應該就能夠了解了……這也就表示，如果他先來到這裡的話，應該就會待在此地等你。」

「……原來如此，這倒是真的……」

我一邊把雙手環抱在胸前一邊點了點頭。聽到她這麼說後便覺得相當理所當然，如果尤吉歐先通過這裡的話，就代表他可能已經被抓——不然就是已經變成屍體了。雖然和剛才的推測有些抵觸，但我還是寧願相信尤吉歐他不是這麼容易被抓或是被殺死的人。

「而且尤吉歐他……」

自己可能沒有這樣的自覺，但極其自然就說出這個名字的愛麗絲露出沉思的表情並且低聲表示：

「……從雲上庭園爬大階梯上來的話，在到達這座曉星望樓前，應該就會先遭遇到最強的對手，也就是叔叔……騎士長貝爾庫利閣下了。」

先不管她為何用了「叔叔」這樣的稱呼，對另一件事情產生興趣的我開口詢問：

「那個騎士長閣下……真的很強嗎？」

結果愛麗絲纏著臨時繃帶的臉直接露出微笑並且點了點頭。

「我和他比試從來沒有贏過。這樣的話，不論是輸給我的你，或者實力與你差不多的尤吉歐當然更不可能贏過他了。」

「……理論上是這樣沒錯啦。但繼續戰鬥下去的話，我也不見得就會輸給妳吧……」

忽視我不服輸的發言後，黃金騎士又繼續說道：

「雖然叔叔他已經擁有超一流的劍技，但是武裝完全支配術真的只能用神技來稱呼了。那位騎士的神器『時穿劍』正如它的名字一樣，擁有貫穿時間的力量。具體來說呢，就是叔叔砍出去的斬擊，威力會直接殘留在砍過的空間當中……就算持續躲過他的攻擊，也會在不知不覺間被看不見的刀刃牢籠關住。隨便亂動的話，手腳甚至是頭顱都有可能被砍下來，但是不動的話又會變成沙包。和叔叔對戰的人，最後都只能像人偶一樣承受他必殺的一擊。」

「……斬擊會留下來……」

光是聽她這麼形容還是很難想像出實際的情況，但大概就是斬擊在某個時間點擁有的攻擊範圍能夠延續到未來吧。如果是這樣，那的確是相當恐怖的力量。我和尤吉歐拿手的艾恩葛朗特流連續劍技是放棄了一擊的威力來擴展攻擊在空間與時間上的範圍，但對方的技能卻可以瞬間讓這樣的本質無效化。

與那樣的敵人對峙，尤吉歐應該怎麼辦才好呢。雖然確信他不會喪命，但不安的預感還是冷冷爬上我的背部。

看來還是應該先往下尋找伙伴比較好。但是，如果他已經被抓住……然後帶到亞多米尼史特蕾達所住的中央聖堂最上層了呢？如果熟知所有指令的最高司祭，已經在對他施加什麼危險的術式了呢……？

在疲勞感終於減輕了一些的雙腳上灌注力量後，我便搖搖晃晃地站了起來。然後瞪著樓層北端的大階梯並緊咬嘴唇。

這個時候如果能用神聖術來尋找尤吉歐就好了，但所有神聖術原則上都只能指定「在場的人類」作為術式的對象。如果不是這樣，亞多米尼史特蕾達與卡迪娜爾之間的死鬥應該早就結束了。如果對象不是人類而是物體就還有辦法……

想到這裡後，我才終於發現還有一個單純的辦法存在，於是便開口低聲說道：

「對喔……還有這個辦法。」

對面露納悶之色的愛麗絲輕輕點了點頭，然後舉起右手，壓低聲音叫著：

「System call！」

爬牆壁時大量使用的空間神聖力似乎已經再次獲得補充，只見我伸出去的手指上出現一丁點紫色光芒。我壓抑焦急的心情，慎重地詠唱指令內容：

「Generate umbra element。Adhere possession。Object ID，ＷＬＳＳ７０３。Discharge。」

多記一些情報果然還是能派上用場。我指定為搜尋對象的，當然是尤吉歐的愛劍藍薔薇之劍的固有ＩＤ。雖然這完全是我的推測，但ＩＤ前半的「ＷＬＳＳ」文字列說不定是「雙刃（Double edged）・長劍（Long sword）・單手（Single hand）」的略稱，後半段數字則是這類別的劍所擁有的編號。我的黑劍ＩＤ是「ＷＬＳＳ１０２３８２」，所以藍薔薇之劍生成時地底世界全體的單手直劍僅有七百把而已，但兩年前就已經超過十萬把了，當然我也不確定自己的推論是否正確就是了……

當我這麼想時，我指尖施放出來的一粒暗素已經輕飄飄地飄起然後落下，它在碰到稍遠處的地面後就啪一聲爆裂並消失了。

「……在下面。」

「看來是這樣。」

我和露出「原來如此」表情的愛麗絲簡短交換了一下意見。

重新握緊幾次放下的右手後，發現因為疲勞而減少的天命已經恢復到一定程度，但愛麗絲受的傷比我還重多了。這時我再次看向騎士，短短問了聲：

「右眼，能治好嗎……？」

結果愛麗絲用指尖輕按了一下被我用上衣製成的繃帶纏住的右眼，然後反問：

「是你幫我做的處置嗎……？」

「是啊……雖然止住了血，但我的神聖術最多也只能做到這樣。不過，妳的話……」

「我的術式行使權限當然不是你能比得上的……」

隨口丟出依然辛辣的發言後，愛麗絲便用剩下來的左眼看向天空並緊緊盯著藍白色滿月。

「現在的空間神聖力太少了，根本沒辦法生成足夠數量的光素來讓眼睛復原。我看在索魯斯升上來前應該都沒辦法吧。」

「那就把某種高優先度的物……不對，應該說把有高優先度的個人物品轉變成神聖力……

比如說那身鎧甲之類的……」

「把器物還原成神聖力的術式本身就要花費不少神聖力了。這在學院裡應該學過了吧。」

露出有點難以置信的表情後，愛麗絲又正色道：

「雖然還是會感到疼痛，而且右側的視界也稍微受到限制，但都不是讓人無法戰鬥的問題。暫時維持這種狀態也沒關係。」

「但……但是……」

「——而且我也想繼續感受一下這種痛楚。因為它是我決心與長年堅信的公理教會對抗的證明……」

聽到她這麼說，我也只能先點頭同意了。因為接下來的戰鬥，同時也是騎士愛麗絲為了開拓自己命運的戰役。

「……我知道了。一旦發生戰鬥，妳的右側就交給我來守護吧。」

回答完後，我隨即把視線朝著大階梯看去。

「那抱歉，我想趕路了。從剛才那粒暗素的模樣看起來，尤吉歐似乎是在相當下面的樓層。」

正確來說，我搜尋的不是尤吉歐本人而是藍薔薇之劍的現在位置，不過若不是遇上什麼緊急情況的話，他應該不會丟下自己的愛劍才對。聽完我說的話，愛麗絲也同樣看著階梯並點了點頭。

「我打頭陣吧，因為路我相當熟了……說是這樣說，其實也只有下樓梯而已。」

一這麼宣布完，愛麗絲就不給我插嘴的機會，直接用力踏響靴子往前走。而我也急忙追了上去。

樓層北端通往下方的大階梯這時只有冷空氣吹上來而已，陰暗的前方感覺不到有任何人存在。連下層都感覺不到有人居住的中央聖堂，到了最上層附近，已經飄散著一股讓人想把它稱為美麗廢墟的濃厚寂寥感。很難相信統治人界全土的組織中樞部位就在這個地方。

我記得公理教會的上部除了整合騎士團之外，應該還有被稱為元老的傢伙存在，但即使已經來到這麼高的地方，還是沒有看見任何所謂的元老，這究竟是怎麼回事呢？

來到先走下樓梯的愛麗絲右側，我便小聲地說出自己的疑問。結果騎士輕輕地皺起眉頭，同樣壓低了聲音來回答我：

「其實……連我們整合騎士也不知道元老們的所有面貌。只聽說第九十六層以上就是屬於元老院的區域，而且我們騎士也不准進入該處……」

「這樣啊……話說回來——那些叫元老的傢伙究竟負責什麼工作？」

「…………他們負責禁忌目錄。」

愛麗絲的聲音變得更低了。

「確認與監視生活在人界的所有居民是否遵守禁忌目錄……這就是元老的工作。等出現了觸犯禁忌者時，便派遣整合騎士來收拾整件事情。兩天前就是接到元老院的指令，我才會前往北聖托利亞修劍學院逮捕你和尤吉歐。」

「……原來如此……也就是說，元老院代替最高司祭做事囉。但是那麼小心謹慎的亞多米尼史特蕾達竟然會給他們那麼高的權限。還是說元老們也跟整合騎士一樣記憶受到了控制……」

聽見我的話之後，愛麗絲便一邊繃起臉一邊搖了搖頭。

「請不要再提記憶的事情了。這次換成左眼痛的話我會很困擾。」

「抱……抱歉。不過我想應該沒問題才對……尤吉歐自從打破過封印後，就再也沒發生什麼事了……」

「……那就好。」

我一邊側眼看著輕輕摸了一下右眼繃帶的愛麗絲，一邊想起在外圍露臺上發生的事情。

在決定反抗教會，並且與最高司祭戰鬥之前，愛麗絲曾有過好幾次劇烈的動搖，在這樣的過程中，應該插在搖光裡的「敬神模組（Piety module）」也沒有出現不安定的情形。雖然推測亞多米尼史特蕾達從愛麗絲身上奪走的「記憶碎片」一定是關於妹妹賽魯卡以及青梅竹馬尤吉歐的回憶，但在修劍學院和尤吉歐見面與聽見賽魯卡的名字時，她都跟艾爾多利耶不同，完全沒有從額頭冒出紫色水晶柱的模樣。

這樣的話，亞多米尼史特蕾達從愛麗絲身上奪走並加以保管的記憶，內容究竟是什麼呢？

不過目前就算在意這件事情也沒有用。只要藉由卡迪娜爾進行所謂的「逆合成祕儀」，愛麗絲就能取回過去的記憶，現在走在我旁邊的整合騎士的人格就會消滅了……

再次感覺胸口深處有些刺痛的我，只能機械性地催動自己的腳。這時靜到極點的深夜大階梯上，只有兩道硬質腳步聲不停響起。

通過五次鋪了鮮紅色絨毯的樓梯平台之後，往下的樓梯就此中斷，取而代之的是一扇巨大的門。雖然直接經過九十四層到九十一層，不過到目前為止地板和牆壁上都沒有任何戰鬥過的痕跡。

我用視線向停下腳步的愛麗絲詢問：「就是這裡嗎？」

「嗯……門後面就是第九十層的大浴場了。雖然覺得叔叔他應該不會選擇這種地方做為迎擊地點……但那個人總是讓人猜不……」

愛麗絲一邊把語尾吞回去，一邊舉起右手放到雙面開的門上。只是輕輕用力，一整片厚厚的大理石板便無聲地開始回轉。

瞬間有白色靄氣從內部湧出，我忍不住就把臉別開了去。

「嗚哇……好多蒸氣。這浴室到底有多大啊，完全看不見前面了。」

雖然絕對不是做這種事情的時候，但把滿是汗水的衣服脫掉跳進熱水裡面的話一定很舒服吧……我一邊這麼想，一邊往裡頭踏了一步。這時我才終於發現纏繞在全身的白色霧氣不是從熱水散發出來的水蒸氣，而是極度低溫所發出的冷氣。

似乎連愛麗絲也沒有預想到會出現這種情形，於是便哈啾一聲打了小小的——而我則是爆出極為盛大的噴嚏。我想應該不是被我的鼻息推開，但白紗就這樣分成了左右兩邊。出現在眼前的大浴場全景讓我嚇得只能呆立在現場。

它應該使用了中央聖堂一整層樓的空間吧，對面的牆壁已經因為距離太遠而陷在白霧當中。地板的面積幾乎都拿來做成浴池，雖然被一條從我和愛麗絲所站的地方筆直往前延伸的通道分為左右兩邊，但是一邊都至少有一座五十公尺泳池左右的尺寸。

但是真正讓人感到驚訝的，是面向我們的左邊浴池原本應該要盈滿熱水才對，但這時卻已經全部凍成白色的冰塊了。

浴池角落設置了動物頭部形狀的噴水口，而從該處流下的瀑布也變成了彎曲的冰柱，所以可以知道這是瞬間發生的凍結現象。而且這當然不是什麼自然現象，而是行使大規模神聖術後造成的結果。

但是要讓這麼大量的熱水結凍可不是什麼簡單的事。如果是使用冰素的一般凍結術，至少也需要十名高級術者才能完成。

我朝左前方前進，走下階梯狀的浴池邊緣後，隨即把腳放在白色凝固的水面上。即使佩帶黑劍的我整個人站了上去，冰塊也沒發出什麼奇怪的聲音。看來一定是連最底部都結凍了。

「……到底是什麼人，又為了什麼而這麼做呢……」

茫然這麼呢喃著並且撥開霧氣前進了幾步後，我的腳忽然踩到某種硬物。該物體先是發出脆弱的聲音，然後一瞬間就破碎了。皺起眉頭往下一看，發現冰層表面其他還有許多圓形的塊狀物。我伸出手來折下其中一個，把它拿到自己面前。

結果那是——綻放好幾重藍色透明花瓣的冰薔薇。

「…………！」

我已經看過好幾次同樣的東西。在中央聖堂第五十層「靈光大迴廊」裡，與副騎士長法那提歐．辛賽西斯．滋對戰時——以及在第八十層的「雲上庭園」跟整合騎士愛麗絲．辛賽西斯．薩提戰鬥時。尤吉歐為了封住她們的行動而發動的武裝完全支配術就產生過與這完全一樣的冰薔薇。

也就是說，讓這座巨大浴池整個結凍的不是神聖術……

「…………尤吉歐……」

當我這麼呢喃時，愛麗絲也發出「鏘」一聲走了下來。驚訝的她瞪大了左眼，然後以沙啞的聲音低聲表示：

「太誇張了……這都是尤吉歐造成的嗎……？」

「嗯，不會錯的。這是他的藍薔薇之劍的武裝完全支配術。老實說……我也沒想到它擁有這麼大的威力。」

尤吉歐曾經說過自己的武裝完全支配術是用來封住別人的行動，但他實在是太小覷自己了。光是被這冰之地獄抓到，就有可能把全部的天命消耗殆盡。

說不定那傢伙真的打敗傳說的騎士貝爾庫利了……我一邊這麼想一邊拚命地環視周圍。搜索藍薔薇之劍的暗素應該落在這邊附近才對，這樣的話，尤吉歐應該也會在劍的不遠處。

就在這個時候。身邊的愛麗絲發出細微的「啊」一聲。

「…………！」

接著我也迅速吸了一大口氣。騎士視線前方大約二十公尺左右的地方，可以看見一道相當大的剪影。那無疑是一個人從肩膀到頭部的線條。看來應該是有人被埋在冰裡了。

我和愛麗絲先是面面相覷，然後兩人同時踢碎腳邊的冰薔薇往前跑去。但我馬上就發現埋在冰裡的人影明顯不是尤吉歐。那個人肩膀的寬度、脖子的粗細都比尤吉歐強壯了一倍。

我因為失望與警戒心而減低了速度，但愛麗絲輕叫了一聲，隨即一口氣快步往前猛衝。

「叔叔……！」

還來不及阻止，她就已經跑向凍結的人影。

——那就是騎士長貝爾庫利？這樣的話，尤吉歐到哪裡去了呢……？

即使已經陷入混亂狀態，我依然再次加快腳步。幾秒鐘後，當我追上去時，愛麗絲已經跪在一半埋在冰層底下的巨漢面前，緊握住雙手並且發出混雜著悲鳴的聲音。

「叔叔……！騎士長閣下！您為什麼會變成這樣……？」

愛麗絲在第八十層也親身接受過尤吉歐的武裝完全支配術，所以應該了解藍薔薇之劍的力量才對啊。但我的疑問馬上就消失了。

胸口以下全埋在厚重冰層下方的巨漢並不只是被凍住而已。他滿是肌肉的肩膀、如同木樁一樣粗的脖子以及上方宛如斬馬刀般剛毅的相貌都已經染上無機質的灰色。

「……這……這不是尤吉歐的武裝完全支配術……」

聽見我茫然的呢喃聲後，背對著我跪在地上的愛麗絲也輕輕點了點頭。

「……我也這麼認為。我曾經從叔叔那裡聽過，元老長擁有能把所有人變成石像的權限……而整合騎士也在這樣的對象之內。我記得術式的名稱應該是叫作……『Deep freeze』。」

「Deep……freeze。那麼對這位大叔……不對，騎士長閣下施術的，不就是原本應該是同伴的元老長？但是，為什麼呢……現在他應該是討伐侵略者的貴重戰力吧。」

「……叔叔好像本來就暗自對元老院下達的指示感到懷疑了……但是，他跟過去的我一樣，相信唯有公理教會的統治能維持人界的和平，所以才能撐過每天都在戰鬥的日子。就算元老長擁有再高的權限，也絕對不能……不能對他做出這麼過分的事情！」

愛麗絲低著頭這麼大叫，這時從左眼溢出的眼淚已經不停滴在她膝蓋旁邊。完全不擦拭臉頰的愛麗絲伸出雙手，抱住了變成石像的貝爾庫利。滴落在空中的淚滴碰到騎士長的額頭並且四散成光粒。就在下一刻……

我的耳朵聽見了「啪嘰！」的聲音。

愛麗絲像彈起來般撐起身子，然後盯著貝爾庫利的脖子看。那個地方就像愛麗絲眼淚的些許溫度熔化了石像一樣，出現了極其微小的裂痕。龜裂的數量不斷增加，最後更有細微的碎片彈了開來。

我和愛麗絲只能茫然看著灰色石像一邊自動灑落碎片，一邊慢慢、慢慢地改變脖子的角度。

當石像的臉孔終於變成仰望上空的姿勢後，這次又換成嘴部周圍出現裂痕。數個小時前應該還是活生生血肉的碎片就這樣不斷地落下。

從Deep freeze這個名稱來判斷，這個指令不只能停止地底世界人民的肉體活動，甚至還能讓思考能力完全停頓下來。這和現實世界裡身體被打上石膏時完全不同。是藉由身為絕對之神的系統發出命令來禁止所有行動。但這個男人現在正準備用意志力打破這種限制。

「叔叔……快住手，快住手啊！叔叔，您的身體會壞掉的！」

愛麗絲以混雜著淚水的聲音大叫著。但是騎士長貝爾庫利卻完全沒有停下對神明的反抗，最後終於在巨大的破碎聲過後抬起雙眼的眼瞼。露出來的瞳孔雖然也跟皮膚一樣是灰色，但是虹膜就像是水面一樣開始晃動，最後取回了一點淡藍色。我立刻感受到男人雙眸裡放射出來的強韌意志力。

他一邊灑落無數碎片，嘴角一邊露出粗獷的笑容，然後才用非常沙啞——但是極為有力的聲音說道：

「……嗨，大小姐。別哭成這樣嘛……漂亮的臉都變醜了。」

「叔叔……！」

「別擔心……這種術式怎麼可能打倒我呢。倒是……」

貝爾庫利瞬間停止說話，凝視著眼前愛麗絲哭泣的臉龐與覆蓋右臉的臨時繃帶，接著臉上露出宛如父親般充滿慈愛的微笑。

「原來如此……大小姐，妳終於……突破我花了三百年……都無法超越的……右眼的……封印……」

「叔……叔叔……我……我……」

「別露出那種表情嘛……我……覺得很高興喔……這樣，我就沒什麼……能夠教大小姐的了……」

「沒……沒這回事！我還想請叔叔教我更多、更多事情……！」

愛麗絲完全不掩飾宛如孩子般的嗚咽聲，接著再次用雙臂抱緊騎士長的脖子。貝爾庫利依然帶著溫柔的微笑，在愛麗絲耳邊呢喃著：

「如果是大小姐，就一定能成功……糾正公理教會的錯誤……把這個扭曲的世界……導回正途……」

我注意到他的聲音正急速失去力量。騎士長的搖光所產生的驚人意志力似乎快要耗盡了。貝爾庫利失去光芒並且逐漸變回灰色的眼睛忽然轉向筆直看著我。接著從已經無法再動的嘴唇裡發出乾枯、沙啞的聲音。

「喂，小鬼……愛麗絲大小姐……就拜託你囉……」

「……我知道了。」

我簡短地回答並點了點頭，而這名古老的英雄也在脖子上出現新裂痕的情況下向我點頭。然後他的最後一句話便乘著白色凍氣傳到我耳裡。

「你的伙伴……被元老長袞迪魯金帶走了……應該是被帶到……最高司祭大人的寢室……快一點……在那個小子被記憶的迷宮……迷惑之前……」

在聲音中斷的同時，騎士長貝爾庫利也再次變成沒有生命的石像。

他胸口之下全部覆蓋在雪白冰霜之下，從脖子到眼角出現無數裂痕的模樣，依然飄盪著一

股符合古代英雄勇壯之名的氣氛。

我一邊聽著緊抱騎士長肩膀的愛麗絲擠出悲痛的聲音，一邊拚命思索著他所說的話究竟是什麼意思。

「…………叔叔……」

元老長裘迪魯金這個人對騎士長貝爾庫利施行了「Deep freeze」指令，然後從這裡把尤吉歐帶走。到這裡為止都是事實。看了一下周圍，發現距離冰凍的貝爾庫利稍遠處，有一個宛若被電鋸切開，直接到達浴池底部的正方形洞穴。

尤吉歐一定是帶著與騎士長同歸於盡的覺悟發動冰薔薇之術。而衝進戰局的元老長就切割冰塊把尤吉歐救出來，然後運到亞多米尼史特蕾達的寢室。但騎士長所說的記憶的迷宮還是很讓人在意。雖然不願意相信尤吉歐會那麼容易被洗腦，但亞多米尼史特蕾達擁有直接操縱搖光的力量，所以我很難想像她會使出何種手段。

一邊這麼想一邊往四角形洞穴看去的我，馬上發現平滑切斷面的深處有某樣反射出閃亮光芒的物體。走到洞穴旁邊，蹲下來仔細一看，才發現是一把插在浴池地板上的長劍。即使透過幾公尺的冰層，我還是能一眼認出它流麗的外表。那正是尤吉歐的愛劍，藍薔薇之劍。

某種意義上來說，這把美麗的神器算是尤吉歐的分身。所以它現在被留在厚重冰層裡的光景又加深了我不安的感覺。瞄了一眼依然抱緊貝爾庫利的愛麗絲之後，我隨即拔出左腰的黑劍，輕輕把劍尖插進埋著藍薔薇之劍的冰層上方。接著反手握住劍柄，一瞬間加強了力道。

堅硬的「啪嘰！」一聲過後，冰塊便垂直地裂開，接著掉進旁邊筆直的洞穴裡。我在冰上跪了下來，用左手包裹住大部分露在外面的藍薔薇之劍的劍柄，雖然瞬間有不知道零下幾度的低溫刺激著我的皮膚，但我還是忍耐著慢慢把它拉上來。劍稍微抵抗了一下，不久後就灑著細微的碎冰無聲地被拔了出來。

右手拿著黑劍，左手握著藍薔薇之劍的我直接站起身子，結果身體各處的關節就像在抗議沉重的負荷般發出了摩擦聲。雖說同時拿著兩把高優先度的神器本來就會造成身體相當大的負擔，但我絕對不能把它丟在此地。因為這兩把劍是當我們快被帶到中央聖堂時，隨侍練士羅妮耶與緹潔忍受手掌流血的痛楚幫我們送過來的武器。

這次輪到我把藍薔薇之劍送去給尤吉歐了。

再次環顧了四周之後，發現熟悉的白色劍鞘就放在結霜的冰面上。我把黑劍收回左腰，然後撿起地上的劍鞘並且也將藍薔薇之劍收了進去。稍微考慮了一下，才把第二把劍掛在皮帶的右側，結果竟然達成了不影響行動的平衡。

呼一聲吐出一口氣的我轉過頭去，隨即發現前方的愛麗絲不知道什麼時候已經站起來了。

她用袖子擦了擦左眼的淚水，有些像是要隱藏害臊的心情般以冷冷的口氣說：

「……通常只有想耍帥的上級貴族，才會像瘋子一樣帶兩把劍……不過你看起來倒是滿適合的嘛。」

「嗯？會嗎……」

聽見她這麼說，我就忍不住露出了苦笑。ＳＡＯ時代的我，確實把兩手裝備長劍戰鬥的二刀流技能當成獨行玩家的生命線，但不知道是不是長時間一直隱藏該技能的緣故，現在被人看見二刀裝備狀態還是有些不安。

不對——說不定原因不只是這樣，其實是我內心深處對攻略了死亡遊戲ＳＡＯ的二刀流桐人等等誇大的綽號感到恐懼……或者是嫌惡吧。不論誰來勸我，我都不願意再次扮演那樣的角色了。

「……不過還是沒辦法同時使用兩把劍啦。」

我聳了聳肩並這麼說道，結果愛麗絲也露出那還用說的表情並點了點頭。

「握兩把劍的話，就沒辦法使用最重要的祕奧義了。就算不管奧義之類的，裝備兩把劍也完全沒有意義。倒是……既然那把劍被留在這裡，就能知道尤吉歐已經被最高司祭大人抓走了……我們還是快一點比較好，因為司祭大人的行為，不是一般人所能猜測得出來的……」

「……妳有和亞多米尼史特蕾達說過話嗎？」

「只有一次而已。」

愛麗絲一邊露出嚴肅的表情一邊點頭回答我的問題。

「那已經是六年前的事了……我以整合騎士見習生的身分，在失去過去所有回憶的狀態下醒了過來，接著就和『召喚主』，同時也是人界代替神明行使職權的最高司祭大人見面了。她看起來就是一位溫柔美麗的女性，不要說是劍了，根本什麼重物都沒拿過的樣子……但是，那雙眼睛是……」

愛麗絲以雙臂抱住自己的身體，接著繼續低聲說道：

「能夠反射所有光線，像鏡子一樣的銀色眼睛……沒錯，我現在終於知道了。從那個時候開始，我便深深地畏懼著最高司祭大人。一定是因為那種壓倒性的恐懼感……才會讓我覺得絕對不能違背她，要對她所有的話深信不疑，然後把一切都奉獻給她才行。」

「愛麗絲……」

有點擔心的我立刻凝視著騎士下垂的臉龐。

但是愛麗絲像是查覺到我的內心般，大大吸了口氣後便拉起視線來點了點頭。

「別擔心，我已經決定了。為了在遙遠北方生活的妹妹……仍未見面的家人，以及眾多的人民，我要貫徹自己認為正確的事情。叔叔他——原來也知道施加在我們右眼上的封印。這也就表示，率領所有整合騎士的貝爾庫利・辛賽西斯・汪絕對不是只盲從於公理教會的支配。雖然都往下走到這裡來了，卻沒能解救你的伙伴尤吉歐，但能見到叔叔我已經很滿足了……這下子我的決心就更加堅定了。」

愛麗絲彎下腰，溫柔地撫摸貝爾庫利石像的臉頰。但是一瞬間就結束這個動作，迅速轉身之後，隨即用力踩著冰塊往來處走去。

「快點走吧。說不定在和最高司祭大人見面前，還得先跟元老長一戰呢。」

「喂……喂，可以把騎士長丟在那裡不管嗎？」

小跑步來到她身邊的我剛這麼問，整合騎士愛麗絲左眼便浮現銳利的光芒，若無其事地說道：

「只要把元老長裘迪魯金抓起來逼他解除術式……不然直接把他幹掉就可以了。」

我承受著兩把劍的重量往前走，一邊在內心想著再也不要和這名騎士處於敵對立場了。

這次換成抵抗重力衝上五層樓梯的我與愛麗絲，回到第九十五層的「曉星望樓」後就停下腳步。

相對於因為右腰上的藍薔薇之劍而氣喘吁吁的我，在裝備重量上應該和我差不多的整合騎士大人竟然還是一臉輕鬆。她甚至會讓人感覺到凍氣的雪白肌膚以及藍色眼睛都浮現出堅強的決心，然後抬頭看著通往下一層樓的階梯。

「……你一邊調整呼吸一邊聽我說。元老們在使用武器的近身戰上，能力應該與一般民眾差不多，但是神聖術的行使權限甚至超越我們整合騎士。即使在目前空間神聖力稀薄的狀態下，他們應該也會使用從薔薇園裡獲得的觸媒結晶，施放近乎無限的遠距離攻擊來攻擊我們吧。」

「面對這種對手時……通常是要發動突襲展開近身戰吧……」

我一邊喘氣一邊插嘴這麼表示，而愛麗絲則是點了點頭並接著說：

「現在不是在意什麼面子的時候了。最好是能在不被注意到的情況下接近他們，但事情並不一定會這麼順利。如果突襲失敗的話，你就趁我用佩劍的完全支配術防禦他們的神聖術時衝過去。」

「……由我負責衝鋒嗎……」

當不擅長對付魔法型敵人的我露出鬱悶的表情時，愛麗絲馬上抬起左邊的眉毛，丟出一句她最擅長的諷刺：

「互換負責的工作也沒關係喔。但到時候就得由你來防禦神聖術了。」

「好啦，我做就是了。」

我的黑劍目前的確仍在恢復天命當中，也還不確定能不能使用完全支配術。如果可以的話，我的確是想保存戰力到對上最高司祭時才使用。何況我的必殺技是召喚來自於基家斯西達的暗屬性大槍，老實說那實在太過單調。就算擁有改變戰況的破壞力，也沒有像愛麗絲那把劍的「花風暴」那樣的應用能力。

這時愛麗絲又一臉嚴肅地對不停點頭的我說道：

「心情好的話，我還會從後面對你施展個回復術。你可以盡量破壞沒有關係，但是請先饒元老長裘迪魯金一命。如果我沒記錯的話，他是一個穿著鮮豔藍紅色小丑服的矮小男人。」

「……感覺……好像是完全沒有威嚴的服裝耶。」

「但他是絕對不容小覷的人物。除了恐怖的『Deep freeze』術之外，他還會許多高速且威力強大的術式……因為他應該是教會內能力僅次於最高司祭的術者。」

「嗯，我知道了。通常在任務裡面呢，像那種乍看之下毫不起眼的傢伙，才是最難纏的敵人。」

才剛因為我的發言露出納悶的表情，愛麗絲馬上又以銳利的視線看向通往上方的樓梯，接著以充滿力量的聲音說：

「——那我們走吧。」

即使著急，我們還是盡可能在不發出腳步聲的情況下衝過通往下一層樓的大階梯，結果在前方等待著我們的，是異常狹小的微暗通路，以及矗立在盡頭的一扇黑門。

在噁心的綠色油燈照耀下的通路，幅度大概只有一公尺半左右。有人要擦身而過時必須小心翼翼才能不撞上對方，而且深處那扇單方向的門也相當小。雖然通道的高度還能讓我和愛麗絲在不撞到頭的情況下直接通過，但要是像騎士長貝爾庫利那樣的魁梧大漢，身體可能就得彎下相當的高度才能通過了。

眼前的光景總讓人覺得提不起勁來。通常最強敵人的根據地——也就是所謂的「最後迷宮」應該都是愈往裡頭走，房間的隔間與外表就愈豪華絢爛才對吧。實際上，到僅有一層之隔的「曉星望樓」為止，不論是裝飾或者面積就都是相當奢華的設計。

但是來到接近最上層的地點後，竟然就變成這麼狹窄。

「……這裡就是妳剛才說的『元老院』嗎……？」

我的呢喃讓愛麗絲露出些許猶豫的表情，但她還是點頭回答：

「應該沒錯……——等進去就知道了。」

她像是要趕跑迷惑般，拖著輕飄飄的金髮踏上了通路。

由於我開始考慮起可能是設有某種陷阱才讓通道變得如此狹窄，所以反射性地想阻止她，但馬上就打消念頭追了上去。因為公理教會的中樞部分裡，不可能會有為了防止入侵者而設下的危險陷阱。就算是有，應該也會像排在外壁上的米尼翁一樣，光明正大地展示出來吧。

長達二十公尺左右的狹路就這樣容許入侵者通過，最後我們終於來到那扇小門面前。

稍微瞄了對方一眼，同時點了點頭後，擔任打手的我便伸出右手握住跟門同樣小的門把。門並沒有上鎖，我輕鬆地轉開門把，一拉之下門就流暢地打開了。

下一個瞬間，從微暗內部吹出來的冷空氣帶著還有別人在的濃密氣息——要比喻的話，就像艾恩葛朗特迷宮區裡魔王房間的門打開時出現的沉重氣氛一樣，讓人背部冒出一堆雞皮疙瘩。

但事到如今也沒辦法要愛麗絲代替我擔任前衛了。經過一番思考後我還是把門拉開，稍微彎著頭往內部看去。

狹窄的通道繼續往前延伸一小段距離，接著似乎是幾乎沒有照明，呈現一片黑暗的大廳。雖然有微微的紫色光芒不停閃爍，但光源不知從何而來。

當我畏畏縮縮地鑽過門的瞬間，立刻聽見類似詛咒般的喃喃自語在耳邊響起。我馬上停下腳步，豎起耳朵傾聽。聲音不是來自一個人。而是有數個——甚至是數十個人的聲音重疊在一起。身後的愛麗絲低聲說道：「是神聖術。」知道確實是如此的我只能屏住呼吸。

我原本認為是對準我們的多重攻擊而擺出迎擊姿勢，但好像又不是這樣。斷斷續續聽見的指令裡，並沒有攻擊術幾乎一定會出現的「Generate」句。

當我準備側耳傾聽究竟是什麼句子時，愛麗絲已經壓低聲音催促著我。

「進去吧。元老們如果在詠唱跟我們無關的大型術式，反倒是我們的好機會。這麼暗的話，說不定可以混在聲音當中接近到劍的攻擊範圍。」

「……嗯，說得也是。那就按照預定由我打頭陣。援護就拜託妳了。」

低聲回答她後，我便緩緩抽出左腰的黑劍。雖然覺得戰鬥時右腰的藍薔薇之劍會變成累贅，但我還是沒辦法把它放在這種地方。確認愛麗絲也拔出金木樨之劍後，我便再次往前走去。

這時我注意到隨著愈來愈靠近微暗的大廳，冰冷的空氣就開始帶著某種討厭的氣味。那不是什麼動物的體臭或是血腥味，而是類似食物餿掉之後的味道。把它從意識裡趕走之後，我便一邊把背靠在牆壁上，一邊朝應該是「元老院」的黑暗空間看去。

第一印象與其說寬廣——倒不如說相當高。

地板是直徑約二十公尺左右的圓形。往上延伸的彎曲牆壁高度恐怕有中央聖堂的三層樓那麼高，天花板則因為被黑暗覆蓋而看不清楚。構造上來說，大概和卡迪娜爾居住的大圖書館有點類似。

裡面完全沒有油燈類的物品，光源只有牆壁上到處閃爍的些微紫色光束。其他還有某種圓形物體等間隔並排在一起，但不知道到底是什麼。

這個時候，距離我們相當近的地點產生了新的光線。那是一塊發出淡紫色光芒的四角形板子——「史提西亞之窗」。而存在它深處的球體…………

是一顆人類的頭。

也就是說，排在這個圓筒形大廳裡的圓形物體全都是……

「……人……人頭……？」

當我發出沙啞的聲音時，左後方的愛麗絲也用最細微的聲音呢喃道：

「不是，應該還是有身體……不過好像是從牆壁裡生出來一樣……」

她的話讓我瞪大了眼睛仔細觀察。結果頭部下方確實有脖子與肩膀存在，但就只能看見這麼多了。因為他們的身體完全收納在設置於牆壁上的四角形箱子內。

從箱子並不算大的尺寸來看，裡面的身體應該都把手腳彎成極限了。雖然這絕對不是什麼舒服的環境，但還是不清楚這些箱子人到底能不能感覺到自己處身於何種狀況當中。因為從箱子裡伸出來的臉上不存在任何表情。

沒有頭髮、鬍子甚至是眉毛，只有嵌在蒼白臉上的兩顆類玻璃球狀眼珠茫然盯著眼前的史提西亞之窗看。不斷有文字列出現在窗子上，等到告一段落之後，箱子人們就用沒有顏色的嘴唇發出沒有抑揚頓挫的聲音。

「System call……Display rebelling index……」

一聽見那不像活人的聲音，我的全身立刻緊繃了起來。

「這……這些傢伙……是那個時候的……！」

「你知道他們嗎！」

愛麗絲立刻對我的呻吟聲有所反應。我瞄了一下騎士的臉並且快速點了點頭。

「嗯……兩天前，在修劍學院結束與萊歐斯等人的戰鬥之後，房間角落就出現類似窗戶的東西。從裡面看著我和尤吉歐的白色臉龐……無疑就是這些傢伙了……」

結果愛麗絲便再次對箱子人豎起耳朵，然後皺起眉頭說道：

「雖然……我完全沒有聽過他們詠唱的術式，但好像是把人界細分為許多區域，然後讓某種數值顯示出來的樣子。但是我也不清楚那究竟是什麼數值。」

「數值……」

當我像鸚鵡般重複說了一遍的瞬間，腦袋裡忽然再次出現某個聲音。

——這些看不見的參數裡，存在名為「違反指數」的數值。

——亞多米尼史特蕾達馬上就發現到，可以利用這個違反指數參數來找出對自己訂定的禁忌目錄抱持懷疑態度的人……

對我說這些話的，正是大圖書館的年幼賢者卡迪娜爾。看來不會錯了。箱子人嘴裡所說的神聖語「rebelling index」，指的正是卡迪娜爾所說的違反指數，也就是存在大廳裡的數十名箱子人，正在檢查所有人界人民的違反指數。

只要檢測出異常數值，箱子人就會觀察現場，找出違反禁忌者並且提出報告。而接到報告的某個人就會對整合騎士發出逮捕罪人的指令。我和尤吉歐以及愛麗絲，都是在這樣的情況下被帶到中央聖堂……

當我茫然站在現場時，忽然傳來「嗶嗶——」的警鈴聲。愛麗絲和我同一時間反射性重新握好長劍，但看來不是因為我們被發現了。一起停止詠唱術式的箱子人們根本沒有低頭，而是把頭朝正上方仰起。

剛才一直沒有注意到，他們頭上的牆壁上還伸出一根類似水龍頭的物體。箱子人一起開口之後，忽然就從水龍頭流下濃稠的茶色液體。他們用嘴巴接住這些液體並且機械式地吞下。這時有一部分液體從嘴裡溢出，弄髒了他們的脖子與胸口。餿臭味的來源大概就是那個。

不久之後警鈴再次響起，流質食物的供給也停止了。箱子人迅速把臉移回前方，再次開始詠唱術式。System call……System call……

——這根本不是對待人類的處置了。

不對，就算是圈養牛羊等家畜，也不能用如此殘酷的方式。

在我因為無法壓抑從腹部深處湧上來的憤怒而咬緊牙根時，愛麗絲也用低沉緊繃的聲音說道：

「他們就是……治理人界的公理教會元老嗎？」

把視線移過去後，發現整合騎士僅剩的藍色眼睛正發出炫目光芒瞪著大廳。沒聽到她這麼說之前還真的沒意識到，不過她所說的應該沒錯。數十名箱子人正是公理教會的上級文官，也就是元老了。

「眼前這副景象……是最高司祭大人製造出來的嗎？」

「嗯……應該是吧。」

我輕輕點頭來回應愛麗絲的問題。

「她一定是從人界各地綁架過來的人裡面，挑選出戰鬥能力不佳但是神聖術實力雄厚的人，然後把他們的記憶封住並且改造成名為元老的監視裝置……」

沒錯，他們在這裡就單純只是裝置而已。為了監視人界全土在公理教會的統治下，是不是還維持著完美的和平……或者可以說是完美的停滯。整合騎士確實是被奪走了重要的親人或朋友的回憶，但元老們的命運甚至比他們還要悲慘。亞多米尼史特蕾達數百年來的和平盛世，全是建立在這些人的犧牲之上。

愛麗絲的臉漸漸伏了下去，而垂落的金髮也擋住了她的表情。

「……無法饒恕。」

緊握在右手上的金木樨之劍似乎因為反應出主人的憤怒而發出細微的聲響。

「不論犯了什麼罪，他們也是其他人的孩子。但是她……不但像對待騎士一樣奪走他們的記憶，還消除了代表他們是人類的智慧與感情，然後關在小箱子裡吃著比動物還糟糕的伙食……這裡已經不存在任何名譽與正義了。」

話才剛說完，下定決心的愛麗絲便迅速抬起頭來，然後毫不猶豫地走進大廳當中。我也急忙跟了上去。

即使黑暗的下方出現了閃爍美麗光輝的女性騎士，元老們的視線還是緊盯著史提西亞之窗看。愛麗絲繼續往左邊前進，最後站在一個箱子前面。而我則在她斜後方凝視著元老們蒼白的臉孔。

即使靠近觀看，也無法特定他們的年齡與性別。可能是被關在無光的大廳，不對，應該說監牢裡的無盡歲月，已經把他們像人類的部分消磨殆盡了。

這個時候，愛麗絲以流暢的動作舉起右手的金木樨之劍。原本以為她是要破壞箱子，但是黃金劍的劍尖卻對準了元老心臟的位置。我屏住呼吸，簡短地對她呢喃了一句：

「愛麗絲……！」

「你不覺得中止他們的生命……反而是一種慈悲嗎？」

我沒辦法馬上回答她的問題。

看見這種慘狀之後，忍不住就會覺得——就算「記憶碎片」仍然被保存著——再統合之後他們可能也沒辦法回歸社會……元老們的搖光已經被破壞到無法復原，根本不可能修復的地步了。

但就算是這樣，如果是卡迪娜爾，甚至是亞多米尼史特蕾達的話，說不定還是能給予他們除了死之外的希望。想到這裡，我便認為應該阻止愛麗絲而準備把手放到她的黃金護肩上。

但是一道響徹在大廳深處的奇怪聲音已經先一步停止我和愛麗絲的動作。

「啊啊……啊啊——！」

那是某個人所發出的尖銳聲音。

「啊啊，怎麼可以這樣，啊啊，最高司祭大人，太可惜了，啊啊，不行啊，啊啊，喔喔喔——！」

一連串意義不明的感嘆詞讓我和愛麗絲以疑惑的表情面面相覷。

我沒聽過這道聲音。雖然聽起來不像年輕人，但好像也不是什麼老人。可以確定的是，聲音的主人處於興奮到快要失去自我的狀態。

怒火像被水澆熄的愛麗絲把劍收起來，然後一直凝視著聲音的來源。而我也跟著她把視線移了過去。

圓筒形大廳深處，還有另一條看來跟我們剛走過來那條完全相同的通路。尖銳的聲音就是從裡面斷斷續續地傳出來。

「…………」

愛麗絲像是要表示「我們走吧」般，用劍尖指著該條通路。對著她點了點頭後，我們便壓低腳步聲開始移動。

大廳裡完全沒有能夠藏身的柱子或家具，所以需要一點勇氣才能直接從地板中間穿越，但配置在牆壁上的數十名元老根本不看向我們，或許應該說根本沒有意識到我們的存在。對他們來說，眼前的系統視窗和從水龍頭裡流出來的流質食物就是所有的世界了。當我得知地下監牢的獄吏與負責升降的少女遭遇的境遇時，我忍不住就對他們湧出深刻的憐憫之心，但元老們的境遇已經不是能用悲慘兩個字就能形容了。

而我同時也無法理解，為什麼有人能夠在這種恐怖的地方附近發出這麼大音量的興奮聲音。至少我絕對不會認為那個人是同伴。

愛麗絲似乎也跟我有同樣的想法，只見她鐵青的側臉已經浮現跟剛才完全不同的怒氣。一邊壓低腳步聲一邊直線穿越大廳的愛麗絲，來到深處的通道入口處便朝裡面望去。而我也從她身後窺視著裡面的情形。

跟入口同樣異常狹窄的通路前方，是一間雖然比不上大廳但也相當寬敞的房間。裡面點著些微燈光，讓人可以清楚看見內部。

乍看之下，真的是相當奇怪的房間。

所有的擺設全都閃爍著粗俗的金色光芒。從衣櫥、床鋪等大型家具，到小圓椅子、收納箱等物品都反射出閃亮的光線，即使在這樣的距離下也感覺相當刺眼。

而且還有無數大小不一的玩具從金色家具裡露出來或是擺放在上頭。

其中大部分都是有著刺眼原色的布偶。房間內的地板和床鋪等地方全都堆滿了有鈕釦眼睛與毛線頭髮的人偶、貓狗牛馬等動物，以及完全看不出是什麼東西的醜惡怪物。其他還有積木、木馬與樂器等等，簡直就像把聖托利亞五區的玩具店整間搬過來了一樣。

而身體有一半埋在玩具裡的聲音主人正背對著我們坐在地上。

「呵喔喔喔！呵喔喔喔喔喔喔！」

這名持續發出無意義大叫的人物，外表也是相當詭異。

只能用渾圓來形容了。幾乎是正圓形的身體上又加了一顆圓滾滾的頭顱，看起來就跟雪人一樣。但身體的顏色並不是雪白，而是穿著右半身紅，左半身藍的鮮豔小丑服。包裹短短手臂的袖子也有紅藍色直條紋，一直盯著看的話眼睛就會開始發疼。

雪白的圓形頭部上沒有一根頭髮的確與身後那些元老沒有兩樣，但和他們不同的是這個人皮膚相當有光澤。另外頭頂部分還戴著一頂與家具同樣粗俗的金色帽子。

我把嘴巴靠近站在前面的愛麗絲耳朵旁，然後以最小的聲音問道：

「那傢伙就是元老長……？」

「是的，他就是裘迪魯金。」

騎士回答我的聲音也相當細微，但是卻帶著難以抹滅的厭惡感。這時我再次看向穿著小丑服的背部。

元老長應該是和騎士長貝爾庫利有同等地位，同屬公理教會的重要人物，而且也是最高等的神聖術師。但這樣的一個人，背影看起來卻是毫無防備。意識似乎完全被雙臂抱住的某樣東西奪走了。

雖然被他渾圓的背部遮住而看不清楚，但裘迪魯金專心觀看的，似乎是一顆很大的玻璃球。每當內部發出閃爍的色彩時，他便不停踢動伸直的雙腿，然後重複著「哈啊啊」「呵喔喔」的叫聲。

原本以為應該會經過比面對迪索爾巴德與法那提歐還要緊張的開場，然後展開大決戰，但現在這種狀況還真讓我不知如何是好。當我正猶豫該採取什麼行動時，像是再也無法忍耐的愛麗絲忽然就動了起來。而且還是完全不隱藏腳步聲的全力衝刺。

只不過，她實際上也只跑了五步左右。我雖然急忙追了上去，但像一陣黃金疾風般掠過玩具房的愛麗絲還是輕鬆拋開了我，在裘迪魯金轉動渾圓頭部時，她已經用力抓住他小丑服輕飄飄的衣領。

「呵喔喔喔喔啊？」

愛麗絲迅速把發出驚訝聲音的圓形物體從玩偶堆裡拖出來，然後高舉到半空中。這時終於追上來的我，首先環視了一下內部的環境。雖然也尋找應該被裘迪魯金從大浴場裡帶走的尤吉歐，但還是沒看見伙伴的身影。感到失望的我再次看了一下房屋中央，結果裘迪魯金專心觀看的玻璃球立刻映入我的眼簾。

直徑應該有五十公分的玻璃球中央出現旋轉的光芒，並且映照出半立體的影像。可以看見發出光澤的床單上，一名少女以放鬆的姿勢側坐著。雖然銀色長髮遮住了臉龐，但可以確定她是一絲不掛。

原來這就是袞迪魯金發出怪聲的原因嗎？當我隨著無力感了解究竟是怎麼回事時，感覺坐著的少女前面好像出現了另一道人影。就在我為了看個仔細而把臉靠過去時，可能是術式已經結束了吧，影像忽然變成白色閃光然後消失了。

愛麗絲則是對影像完全沒有興趣，只是把劍尖對準了半空中小丑男的嘴並且說道：

「要是詠唱術式的起句，我馬上把你的舌頭整個砍掉。」

以冰冷聲音說出來的警告讓想要叫些什麼的男人迅速閉起嘴巴。

從地底世界使用神聖術之前必須要喊出「System call」的原則來看，在這樣的情況下面對術師已經是占有絕對優勢了。但就算是這樣，我還是一邊注意著兩條短短的手臂，一邊再次看著男人——元老長袞迪魯金的臉。

「讓人摸不著頭腦」，沒有比這更能形容他長相的詞了。除了占滿渾圓臉孔下半部的鮮紅嘴唇之外，上方還冒出一顆巨大的圓鼻子，眼睛和眉毛則是像微笑圖案般的圓弧形。

但細長的眼睛現在已經睜開到極限，小小的黑色眼珠一邊顫抖一邊凝視著愛麗絲。

不久之後，袞迪魯金便將厚厚的嘴唇像喇叭一樣嘛起，然後發出生鏽金屬互相摩擦般的聲音。

「妳這傢伙……三十號……為什麼會在這裡呢～妳不是和另一名反叛者一起掉到塔外摔死了嗎～」

「別用號碼來叫我！我的名字是愛麗絲，還有我已經不是三十號了。」

聽見愛麗絲帶著極寒凍氣的回答後，裘迪魯金流滿汗水的臉便開始抽搐，接著首次把視線移到我身上。他弦月形的雙眼再次瞪成半月形，然後喉嚨裡發出「嗚咕、嗚咕」的喘息聲。

「你……你這傢伙怎麼會！三十……騎士愛麗絲，妳為什麼沒有幹掉這個小鬼？我不是說過這傢伙是教會的反叛者……是黑暗領域的爪牙了嗎——！」

「他的確是反叛者。但並非暗之國的尖兵。他就和現在的我一樣。」

「什……什麼……」

吊在半空中的裘迪魯金那短短的雙手雙腳，就像填滿屋子的其中一種玩具般不停地動著。

「妳……妳想背叛嗎——這個臭騎士——！」

可能忘記自己嘴巴前面有一把劍了吧，只見裘迪魯金雪白的頭部瞬間漲紅，接著屋裡便充滿他更加尖銳且沙啞的高頻率怒吼。

「你們這些整合騎士只不過是木偶！只不過是照我命令行動的木偶啊——！現在竟然敢反叛最高司祭亞多米尼史特蕾達猊下——！」

聽見這種侮蔑發言的愛麗絲依然沒有任何表情，只是別開臉去躲過從袞迪魯金嘴裡噴出來的口水，然後以冰冷的聲音回答：

「把我們變成木偶的就是公理教會吧。利用『合成祕儀』封印記憶，然後埋入強制性的忠誠心，讓我們相信自己是從天界召喚而來的騎士。」

「妳…………」

袞迪魯金的臉再度由紅變成白色，然後不停開合著大大的嘴。

「妳為什麼會知道這些事……」

「雖然被封印住了，但似乎還殘留著一些記憶。踏進隔壁的元老院時，我一瞬間看見了……一名充滿不安與恐懼的少女被綁在大廳中央，然後元老們詠唱三天三夜的多重術式強行把她心房打開。那就是合成祕儀的真實情況……那間大廳的地板上，應該染有我還是年幼少女時流下的悲痛與絕望的眼淚。」

在聽著愛麗絲經過壓抑，但還是像鋼鐵刀刃般銳利的發言時，袞迪魯金的臉色就這樣不停地變紅變白。

但恐怕是元老院裡唯一有自己意志的袞迪魯金最後就像豁出去了一樣，臉上浮現出極為卑鄙的笑容。

「是啊……妳說得沒錯喲～我現在也還記得很清楚喲～年幼、純潔又可愛的妳，一邊痛哭一邊不停懇求的模樣……妳當時說著『拜託你……請不要讓我忘記重要的人們……』，呵呵呵。」

看見裘迪魯金以醜惡的沙啞聲音模仿少女說話的口氣，愛麗絲的眼裡立刻出現宛如高溫烈火的光芒。但是裘迪魯金還是沒有停止挑釁，依然繼續說著下流的獨白：

「呵呵、呵呵～我想起來了！我當時還把那種光景當成菜餚享受了一整個晚上呢！從某個狗屁鄉下地方被帶到這裡來的妳，首先被以修道女見習生的身分培養了兩年。期間妳這個野孩子還找到生活規則的漏洞跑去參觀了聖托利亞的夏至祭典，不過依然相信只要認真學習，總有一天能夠回到故鄉，所以也一直都很努力～但是呢，我們怎麼可能讓妳回去！等妳把神聖術使用權限提升到一定程度後，當然就要強制進行合成祕儀啦！知道再也不能回家時，妳那哭泣的臉……真的讓我很想直接把妳變成石像，永遠擺在我房間裡當成裝飾品呢！呵、呵、呵！」

裘迪魯金惡辣至極的發言，讓我也無法制止握住長劍的右手開始震動。這時愛麗絲似乎也咬緊了牙關，不過還不至於喪失自制力，只見她直接就質問元老長說：

「你這傢伙剛才說了『強制進行合成祕儀』這種奇怪的發言。難道說還有非強制的合成儀式嗎？」

結果元老長把雙眼瞇成跟絲線一樣細並且不停地笑著。

「呵、呵，想不到妳耳朵還滿敏銳的嘛。妳說得沒錯喲～六年前的妳，一直抗拒詠唱通常的合成祕儀必要的祕密術式～竟然還對我說出『故鄉的村子還有我未盡的天職，所以不用聽你的命令！』這樣的話來～！」

的確很像小孩子時的愛麗絲會說的話——我明明不認識當時的她，卻完全不懷疑裘迪魯金的描述。這時元老長可能也想起當時的事情了吧，只見他恨恨地扭曲嘴唇並丟出這麼一句話來：

「完全是個任性的臭小鬼～原本我已經要請最高司祭猊下醒過來了，但一定要做好儀式的準備才能夠喚醒猊下～在沒辦法的情況下，我只能暫時停止自動化元老們的任務，利用術式強行把妳那守護最重要事物的障壁打開來～不過我也因為這樣欣賞到難得一見的光景囉～！哦嘻呵呵——！」

尖銳的鬨笑聲在金木樨之劍的劍尖往前移動了一公分時倏然停止。但是浮現在雙眼以及嘴唇上的笑容則沒有消失。

裘迪魯金喋喋不休說出來的話裡包含了幾則重要的情報。如果愛麗絲還能抑制怒氣的話，我想趁機套出更多的情報，但心裡還是覺得有點奇怪。這個小丑男為什麼會主動說出關於教會中樞的祕密呢。如果是希望愛麗絲饒過自己性命，就不應該一直說出挑釁她的話，而且看起來也沒有伺機反擊的模樣。

像是完全不把沉默不語且陷入沉思的我放在眼裡一樣，裘迪魯金繼續談起往事。

「結束強制合成祕儀的第一階段後，就是本人把失去意識的妳帶到最高司祭猊下的身邊～很可惜地，我也沒辦法目睹接下來的儀式，但是完成儀式，以整合騎士的身分醒過來的妳，就已經深信自己是從天界被派遣下來的神之使徒囉～就跟其他的騎士一樣～我只要聽到你們這些騎士在說什麼天界等等的事情，就會覺得真是要笑破我的肚皮了……」

吊在半空中的裘迪魯金連珠砲似的說出一大串話，這時我注意到他的眼睛正不停晃動。看起來就像在等待什麼一樣。也就是說，這傢伙的長篇大論，是為了拖延我們待在這個房間裡的時間……？

我一想到這裡，便想要對愛麗絲搭話，但騎士已經快一步打開嘴巴。接著比充斥大浴場的凍氣還要寒冷的聲音就響徹在這間金光閃閃的房間裡。

「元老長裘迪魯金，你可能也跟整合騎士一樣，是人生遭受最高司祭亞多米尼史特蕾達操縱的可憐小丑。但就算是這樣，你似乎也充分享受過自己的境遇了。我想你應該了無遺憾了吧。你的話我已經聽膩了。」

金木樨之劍的劍尖一動，直接抵在膨脹的小丑服中央——也就是心臟的正上方。充滿光澤的布料完全沒有抵抗就凹陷下去。

如果裘迪魯金的目的是拖延時間，這時候應該還會提供一些新的情報才對。說不定也包含了尤吉歐的所在之處。

但我的預想一秒鐘後就落空了。

因為黃金劍刃已經深深陷入嘴巴張開一半但持續保持沉默的元老長胸口。細長的雙眼瞪得斗大，紅藍小丑服也因為更加膨脹而緊繃。可能是為了避開濺出來的血吧，只見愛麗絲整個把臉別開，但就在這個瞬間……

「磅！」一聲巨大的爆炸聲過後，裘迪魯金的正圓形身體就像汽球一樣飛走了。飛濺的大量血液也把愛麗絲的鎧甲染成鮮紅——結果根本沒有這種情形出現。

「什麼……」

「咦……！」

我和愛麗絲同時發出驚訝的聲音。這時噴出來的不是液體而是氣體——是帶著鮮紅色的煙霧。它們馬上擴散到周圍，覆蓋了整個玩具房。

艾恩葛朗特裡也有身具這種特殊能力的怪物。牠會把全身的皮膚膨脹到極限，只要用打擊屬性之外的武器加以攻擊，牠就會破裂並且撒下大量的煙霧，接著本體便趁機逃亡。

當過往記憶再次甦醒的我，在視界角落發現一道迅速橫越的細長人影時，立刻反射性拔出右手上的劍。雖然除了「喀！」一聲之外還有些許砍中物體的手感，但從煙霧裡滾到腳邊的就只有那頂剛才看過的金色帽子。

雖然為了繼續追擊而踏出一步，但一吸進顏色鮮豔的煙霧就有種喉嚨被針刺中的疼痛感，忍不住就咳嗽了起來。

「裘迪魯金……！」

愛麗絲一邊以左手掩住嘴巴一邊這麼大叫，然後追著影子衝了出去。裘迪魯金沒有逃向通往元老院的門，而是選擇往房間深處狂奔。腦袋裡想著那邊應該沒有出口的我立刻屏住呼吸，然後壓低身子往該處衝刺。

但是穿越煙幕之後所看見的，是已經往右邊移動的金色衣櫥，以及出現在後方的祕密通道。往裡面一看之下，馬上發現一道人影正以靈敏的動作逃走，而且那個人的圓形頭顱下方還有著驚人的細長身體與手腳。

「呵嘻！呵嘻——嘻嘻嘻嘻——」

依然在咳嗽的我立刻聽見尖銳的笑聲。

「我可不是只會術式而已喲，笨～蛋！笨蛋——！要追就盡量追吧，下一次我一定會好好地、仔細地招待你們，呵——呵呵——！」

像壞掉玩具一樣的笑聲與他迅速的腳步聲重疊在一起。

4

我和愛麗絲只停下腳步不到五秒鐘的時間。

稍微交換一下視線後，我便率先衝進狹窄的通路當中。幸好稍微吸了一點的紅色煙霧似乎沒有毒性——如果有毒的話，衣服裡充滿這種東西的裘迪魯金應該也不會平安無事——咳嗽也在不知不覺中停下來了。

祕密通道的尺寸似乎是為了配合裘迪魯金，要是不低頭的話就會撞到天花板。身後時常傳來的喀哩喀哩聲，應該是愛麗絲的肩甲削過牆壁的聲音吧。右腰上的藍薔薇之劍也不時碰到牆壁的我，就這樣以難受的姿勢持續往前跑。

不久後正面就出現了往上爬的階梯，在前面稍微停頓了一下，確認沒有伏擊的徵兆後隨即衝了上去。裘迪魯金的腳步聲已經消失，只有不斷從前方黑暗處流下來的冰冷空氣。

樓梯比想像中還要長得多，大概有中央聖堂三層樓的份量。從天花板的高度來看，收容了裘迪魯金所說的「自動化元老」的元老院應該占了九十六層到九十八層的空間，那麼這個樓梯上方應該就是第九十九層了。

從地下監牢開始的公理教會之戰——或者也可以說，我和尤吉歐從盧利特村開始的兩年旅程也終於要在兩層樓之後結束了。現在伙伴雖然不在我身邊，但如果騎士長貝爾庫利所言不假，應該能在最高司祭的房間裡和他相遇才對。到時候我要先把藍薔薇之劍還給尤吉歐，再和他與愛麗絲一起打倒裘迪魯金與最高司祭。在那之後…………

我輕輕搖了搖頭，凝視著出現在樓梯前方的細微燈光。之後的事情等一切結束再來考慮就可以了。現在應該集中精神在最後的戰役上。

當我把快被過去與未來吸引的意識集中到現在時，前方忽然傳來些微元老長尖銳的聲音。

「System call————Generate……」

是素因系術式的詠唱。雖然立刻提升了警戒心，但還是不能在此停下腳步。前方的燈光不斷朝我靠近。

「……樓梯馬上要結束了！」

提醒身後的愛麗絲後，馬上傳來簡短的回答。

「小心神聖術的突襲！」

「知道了！」

我點了點頭，一邊跑一邊把黑劍架在前方。在這個能夠讓素因保持一段時間的世界裡，很容易就能發動魔法的奇襲。比如說也有先生成熱素，讓它變形後就維持待機狀態，等看見敵人的瞬間再進行發射這種類似槍砲的使用方法。

但是術式本身的威力也受到消費的素因數量所限制。如果只使用一種素因，那麼不論是剛學習神聖術的學生，還是經過漫長修練的最高等術師，原則上攻擊力都是一樣的。雖然愈熟練就能操縱愈多的素因，但每根手指只能維持一種素因，所以同時生成的上限是十個。如果是手上這把能吸收能源的黑劍，就算是集中十粒熱素或凍素的攻擊術應該也能抵擋下來才對。

如果袞迪魯金真的想發動奇襲，那麼一口氣從樓梯口衝出去會比悄悄出現安全多了。做出這種判斷的我，隨即提升速度衝過最後的幾公尺，然後踩在最後的樓梯上高高跳了起來。

但是沒有任何肆虐的火焰，或者是從天而降的冰柱。在空中讓身體水平迴轉，從四面八方觀察了一下內部，但裡面沒有袞迪魯金或是任何人的身影。落在大理石地板上之後，立刻單膝跪地並豎起耳朵來傾聽。結果只能聽見愛麗絲追上來的腳步聲。

在我撐起身體的同時，愛麗絲也出現在樓梯口。騎士和我一樣觀察了一下四周，然後皺著眉頭說道：

「剛才好像聽見詠唱了，但是沒有任何人在耶……看來袞迪魯金可能放棄了奇襲……直接逃到第一百層去了……」

我一邊學愛麗絲瞄了天花板一眼，一邊低聲表示：

「但是，上面已經是最高司祭的房間了吧？就算是元老長，也不能隨便進去吧？」

「我也這麼認為……但是，通往上層的樓梯又在哪裡呢？」

聽見她這麼問，我便再次環視了一下圓形房間。

這裡確實相當寬廣。直徑應該有三十公尺左右。不論地板、天花板還是彎曲的牆壁都是相當熟悉的白色大理石，但裝飾品卻意外地少。最多也只有設置在牆壁上的一圈大型油燈而已，不過目前只有四盞發出光芒，所以整個空間略顯陰暗。如果油燈全點著了，這間到處是純白色的房間一定會變得相當刺眼吧。

我們一路爬上來的那條通往裘迪魯金房間的樓梯，開口是設置在牆壁邊的地板上。另外還設有上推式大理石門，只要把它關上應該就會完全跟地板同化。

這樣的話，天花板上說不定也存在隱藏著樓梯的下拉式大理石門。這麼想的我馬上搜尋起繩子或者是把手，但完全沒有看見這樣的物體。這樣的話，乾脆就試著朝天花板轟一記劍技看看吧，就在我重新握緊右手的劍時……

「……這個房間……」

愛麗絲忽然低聲呢喃著。回過頭去之後，發現騎士稍微瞪大了藍色左眼。

「怎麼了？」

「……我知道這個房間。這裡是……六年前，我以整合騎士見習生的身分醒過來時的地方……」

「咦……妳……妳確定嗎？」

「嗯……那個時候，牆壁上的油燈全點著了……房間裡充滿炫目的光輝……最高司祭大人就站在房間中央，對著躺在地上的我說……『醒來吧，神之子啊……』」

愛麗絲應該也注意到自己說話的語氣不知不覺間變得相當恭敬吧。只見她稍微繃起臉來，增強一些語氣後繼續表示：

「……最高司祭大人告訴失去所有記憶的我虛假的過去與身為騎士的使命後，便把我交給叔叔……騎士長貝爾庫利了。那個時候，地板的一部分像是設置在中層的升降盤那樣往下沉，直接把我和叔叔送到第九十五層去。之後我就再也沒有來過這裡。」

「地板下沉……？」

我歪著脖子，嘗試以靴子底部用力踏著大理石地板，但是只能感覺到厚重石材傳上來的硬度。看來必須得耗費一番工夫才能從這廣大的房間裡找出隱藏的電梯，而且我們現在也不需要往下層的移動手段。

「愛麗絲，妳還記得那個時候亞多米尼史特蕾達是怎麼回到自己房間的嗎？」

我的問題讓騎士把左手指尖放在嘴角然後陷入沉思。

「我記得……我和叔叔乘坐的升降盤快要沉下地板前……最高司祭大人正抬頭看著天花板……然後上面也降下了小小的升降盤……」

「就是那個了！」

大叫完之後，我立刻再次緊盯著純白天花板看。結果上面藏的不是下拉式的門而是電梯。但不論我再怎麼找，也沒辦法發現類似按鈕的東西。和連接五十層到八十層的電梯不同，這裡沒有升降員存在，所以一定是利用某種裝置來自動上下移動。但究竟是什麼……

「啊……說不定剛才元老長的詠唱……」

我的呢喃也讓愛麗絲產生了反應。

「不是要用攻擊術展開奇襲，而是為了移動升降盤……？這樣的話……桐人，你還記得迪魯金在『Generate』之後詠唱了什麼嗎？」

「這……這個嘛……」

感覺這時候不能回答「我沒有聽見」，於是我便拚命回想著數分鐘前的記憶。元老長尖銳的聲音在Generate之後的確說了——

「好像是lu……lu什麼的……」

當我拚命想擠出接下來的音階時，愛麗絲已經用更加冰冷的視線看著我說：

「這樣就夠了。因為以lu開始的就只有光素(luminous)而已。」

我為了表示的確如此而點著頭，但愛麗絲卻連看也不看我一眼，先是把右手的長劍收回劍鞘裡，然後用十根纖細的指頭對準天花板。

「System call！Generate luminous element！」

她竟然一次就生成理論上是最大限度的十粒光素。愛麗絲在沒有任何加工的情況下，以放射狀施放出浮遊在指尖的白色光點。光素們無聲地碰撞天花板的各個地方並且彈開。然後其中一粒忽然發出比其他光素更強的光輝——當我注意到這一點時，天花板上已經浮現出直徑大約一公尺左右的圓形光芒。它的位置不在中央，而是在相當靠近牆壁的地方。

我移動到放下雙手的愛麗絲身邊，一邊保持警戒一邊注視著眼前的現象。圓形光芒雖然馬上變淡，但是沒有完全消失，不久後大理石天花板的一部分就從境界線流暢地突出來，然後直接緩緩下降。厚度達五十公分以上的石盤應該相當重才對，但它移動的模樣卻完全讓人感覺不到重量。光素只不過是開關，應該還有其他讓石盤移動的能源吧，不過我還是無法理解箇中巧妙。簡直就跟賢者卡迪娜爾在大圖書館裡展現的各種奇蹟差不多……不對，應該說就是相同的奇蹟了。以最高司祭亞多米尼史特蕾達深不可測的實力來看，要移動這座電梯應該只需要一小部分力量吧。

電梯——愛麗絲所說的升降盤隨著些許震動停在地板上。不是純粹的大理石，而是鋪著鮮紅絨毯的盤面，在受到從天花板圓形洞穴降下的藍白色光線照射後發出微弱的光芒。

這下子，通往中央聖堂最上層的道路就打開了。

我和愛麗絲站上那塊升降盤並且到達一百層時，最後且最大的戰爭就要開始了。

當初的計畫是要趁亞多米尼史特蕾達還在沉睡時，用祕密武器短劍刺中她，接下來的事情只要交給卡迪娜爾就可以了。但是裘迪魯金既然已經逃到一百層，那麼最高司祭應該也已經醒過來了吧，何況我的短劍已經用來解救副騎士長法那提歐了。

不過，不知道該不該說是幸運，騎士愛麗絲已經承諾要把自己的人格恢復成本來的愛麗絲了，所以尤吉歐的短劍不需要用在愛麗絲身上。由於尤吉歐已經先被帶到一百層去了，所以我們必須先救出應該還處於凍結狀態的他，然後在亞多米尼史特蕾達還沒使出全力前找機會用短劍刺中她。這恐怕是我們唯一可以獲勝的方法了。

這時候愛麗絲似乎也跟我一樣下定了決心。

我們面面相覷，同時點了點頭，然後開口說話。

「……走吧。」

「上去吧。」

於是我，上級修劍士桐人與整合騎士愛麗絲・辛賽西斯・薩提便朝著降落在十五公尺前方的升降盤走去。

一步、兩步，當我們走到第三步的時候——

從天花板洞穴照射下來的，應該是月光的淡藍色光芒忽然變暗了。

我立刻停下腳步，抬頭往洞穴看去，結果馬上有幾道炫目的光線照射我的眼睛。那是由流麗造型的鎧甲所反射的月光。全身包裹著重裝鎧甲的某個人，直接從六公尺高的天花板洞穴上拖著長斗篷緩緩降了下來。

從身高來看就知道絕對不是裘迪魯金。原本以為是最高司祭親自下到第九十九層來了，但從身材來看應該是男性。目前還因為逆光而看不見臉孔。

「還有整合騎士在嗎……？」

我這麼呢喃著。

「那套鎧甲應該是……等一下，但是……」

愛麗絲剛低聲說完的下個瞬間，新出現的騎士已經發出細微的金屬聲降落在升降盤上了。他彎曲膝蓋吸收了衝擊力，接著緩緩撐起身體。

他身穿銀中帶藍的鎧甲。那帶點透明感的裝甲表面，吸收了降下的月光後發出炫目光芒。至於斗篷則是深藍色，看起來腰間沒有佩劍。低垂的臉雖然被大型的頸甲遮住而看不見，但略呈波浪狀的頭髮……是相當柔軟的亞麻色。

我的全身霎時被電擊般的戰慄貫穿。

那頭髮的顏色。正是我在地底世界生活的兩年裡，總是出現在身邊的顏色。

不會吧。但是，為什麼……

在極度混亂的襲擊下，我只能呆立在現場，這時視線前方的騎士終於緩緩抬起臉來。綠色眼睛從半閉的眼瞼深處筆直回望著我。已經沒有懷疑的餘地了。穿著整合騎士鎧甲的那個青年正是……………

「……………尤吉歐……………」

我用幾不成聲的喘息聲叫著他的名字。

他是我唯一不可能認錯的人。因為自從在盧利特村南方森林相遇以來，他就是一起行動的伙伴兼獨一無二的好友。突然被丟到異世界的我，之所以能夠一直努力到現在，就是因為有尤吉歐在身邊的緣故。所以他的長相我絕對不可能認錯。

但是無言站在那裡的尤吉歐，眼睛以及嘴角卻浮現出我從未見過的表情。不對，上面根本沒有能稱為表情的存在。甚至看起來比在修劍學院大講堂裡首次遭遇的愛麗絲更加冰冷，就像是沒有生命的冰塊一樣。

「尤吉歐……」

這時終於可以擠出聲音的我再次叫了伙伴的名字，但是充滿雙眼的冰冷光芒卻沒有任何動搖。不過他並不是無視我的存在，他目前正觀察著我。說不定……他心裡想著我是應該殺掉的敵人。

「……怎麼可能……實在太快了……」

身邊的愛麗絲忽然這麼呢喃，而我則是用求救的心情反問她：

「太快……什麼太快了……」

「完成儀式的速度。」

瞄了我一眼之後，黃金騎士便猶豫了一下，然後才說出決定性的一句話：

「你的伙伴……尤吉歐，已經被施加合成祕儀了。」

合成祕儀——只有最高司祭亞多米尼史特蕾達能夠行使這種直接操縱搖光的術式。它能夠奪走記憶，插入忠誠心……然後把人變成整合騎士。

「……騙人，這怎麼可能……因為妳不是花了三天三夜才……」

我像個小孩子一樣搖著頭並且提出反駁，而愛麗絲則冷靜地回答：

「元老長說那是因為我拒絕詠唱必要的術式。也就是說，只要詠唱術式，就不需要三天三夜的儀式……不過還是太快了。尤吉歐和叔叔戰鬥之後也才經過幾小時而已……」

「就是啊……不可能的，尤吉歐才不會那麼容易…………這一定是什麼障眼法…………」

我就在自己也不知道自己在說些什麼的情況下，搖搖晃晃地準備往前走去。

但愛麗絲忽然以左手用力抓住我下垂的右臂，同時在我耳邊說道：

「振作一點！你要是在這時候產生動搖，原本能獲救的他可能就沒救了！」

「獲……救……？」

「沒錯！你不是說過有恢復整合騎士原本記憶的方法嗎！這樣的話，尤吉歐應該也能復原才對！因此我們一定得先度過眼前的難關才行！」

嚴厲的斥責之後，感覺愛麗絲抓住我手腕的手掌傳來如火焰般的意志力，讓我冰冷又麻痺的身體再次活絡了起來。接著我便重新緊握不知不覺間已經快要拿不住的黑劍。

愛麗絲說得沒錯——尤吉歐的記憶與人格絕對不會消失。只不過是搖光的某個部位被動了手腳，所以沒辦法浮現出來而已。

只要從亞多米尼史特蕾達那裡奪回他的「記憶碎片」，然後請卡迪娜爾進行再統合，尤吉歐就能恢復成我熟悉的那個溫柔又溫吞的劍士了。因此我必須先和他對話並且收集情報，說服尤吉歐目前的人格，使他讓出路來……甚至是幫助我們都不是不可能的事。因為就連那個冷若冰霜的騎士愛麗絲，最後都能夠經由溝通來獲得她的協助了。

「……這裡就交給我吧。」

對著抓住我右手的愛麗絲低聲這麼表示之後，騎士先是露出了猶豫的表情，但馬上就點了點頭。她放開手，往後退了一步並且快速地說道：

「我知道了。但千萬不要大意，那個騎士……已經不是你認識的尤吉歐了。」

「嗯。」

我一回答完，愛麗絲便默默地拉開與我的距離。

老實說，不論整合騎士化的尤吉歐有多麼強的力量，只要用愛麗絲的武裝完全支配術——

也就是把金木樨之劍變成無數花瓣，讓敵人籠罩在致死暴風當中的技巧，應該很容易就能奪走他的戰鬥力吧。愛麗絲的技能就是擁有讓我如此深信的壓倒性威力。但我想把它當成真正無計可施時的選項。除了不想傷害尤吉歐的身體之外，讓兩個記憶都被封住的青梅竹馬對戰也實在太過於殘酷了。

我往前走出一步，從正面凝視著尤吉歐依然帶著冰冷光芒的雙眼。

「尤吉歐……」

第三次的呼叫聲，已經沒有顫抖或沙啞了。

「你記得我嗎？我是桐人……是你的伙伴。離開盧利特村之後的兩年裡，我們兩個人一直在一起對吧？」

身上包裹藍銀色鎧甲的青年又沉默了數秒鐘，最後終於開口：

「……抱歉，我不認識你。」

這是騎士尤吉歐說的第一句話。柔軟的聲音跟記憶當中的一模一樣，但表情還是帶著冰霜般的質感。

看來他遭到合成以前的記憶確實已經被封印了，不過應該還沒有足夠的時間灌輸他太多「從天界被召喚過來」之類的虛假記憶才對。目前尤吉歐對自己的認識應該有一大部分是空白。只要從這裡下手的話……

「不過謝謝你。」

尤吉歐忽然說出這樣的話，讓我忍不住瞪大了眼睛。這突然的友好發言，讓我帶著很大的期待反問他：

「……謝我什麼？」

但尤吉歐的回答卻是——

「幫我把劍拿過來。」

「咦…………」

我頓時說不出話來，一陣子後才低頭看著自己的右邊腰部。上面掛著收在白色皮革劍鞘裡的神器藍薔薇之劍。我抬起臉來，再次詢問：

「你要用這把劍做什麼……？」

綠色眼睛眨了一下後，尤吉歐才用理所當然般的態度說道：

「當然是和你們戰鬥了。因為這是那個人的願望。」

「…………」

果然——他是因為「那個人」，也就是最高司祭亞多米尼史特蕾達的命令，才會來到這裡準備擊退我和愛麗絲。

感到希望愈來愈渺茫的我，不死心地繼續說道：

「尤吉歐。只是因為受到命令……你就要在不知道自己是誰，同時也不知道這場戰鬥有什麼意義的情況下與我們戰鬥嗎？我們不是你的敵人。你為了奪回重要的青梅竹馬而與最高司祭作戰，已經一路努力到這裡了……」

「戰鬥的意義根本不重要。」

打斷我說的話時，尤吉歐臉上首次像是出現表情一樣，但馬上就消失了。

「那個人給了我想要的東西。我只要這樣就滿足了。」

「你想要的東西……？那是比愛麗絲還要重要的東西嗎？」

聽見對他來說應該具有最重大意義的名字時，他白皙的臉上似乎再次出現了些許感情。但這次也同樣又被寒冷的冰霜覆蓋了過去。

「我不知道。而且我也並不想知道。不論是你……還是其他人。已經夠了…………我…………了。」

用難以聽見的細微聲音說了些什麼後，尤吉歐緩緩從升降盤上走下來，然後對我伸出右手。

「我跟你沒什麼好說的了。戰鬥吧……你們也是為此而來到這裡的吧？」

「…………不是為了和你戰鬥啊，尤吉歐。所以這把劍我不能還你。」

我一邊壓低聲音這麼說，一邊換成左手拿著黑劍，然後用右手從劍帶上取下藍薔薇之劍。

就在視線依然放在尤吉歐身上的我，準備把劍交給身後的愛麗絲時——

「不需要你親手交給我。」

聽見這句話的瞬間，白色劍鞘已經從我手上被奪走了。但實行者並非愛麗絲。劍就像被透明的絲線拉走般滑過空中，朝著離我十公尺以上的尤吉歐手邊移動。

——這是神聖術？我沒注意到術式詠唱嗎……？

當我屏住呼吸的瞬間，背後立刻傳來尖銳的呢喃聲。

「心念之臂……！」

「那是什麼……」

依然看著前方的我一這麼問，愛麗絲便迅速做出說明：

「這是整合騎士自古流傳下來的祕術。它不是神聖術也不是完全支配術，只靠意志力就能移動物體……我聽說只有叔叔和少數幾名騎士能使用這種祕術。」

「也就是說，愛麗絲也沒辦法使用囉？」

「……我正在修行。目前別說是神器了，就連小石頭都動不了。剛成為騎士的尤吉歐應該不可能學會這種祕術才對……」

當我和愛麗絲在對話的時候，藍薔薇之劍已經被尤吉歐的右手握住，然後他把劍鞘吊到左腰上。接著更握住劍柄，毫不猶豫地把劍拔出來。略顯透明的劍身立刻因為凍氣而發出白色的煙霧。

無可奈何之下，我也只能再次改用右手握住黑劍，並架在身前擺出戰鬥姿勢。

這兩年裡，我和尤吉歐已經有過無數次面對面的經驗。但我們手裡握的都是練習用的木劍，從來沒有讓藍薔薇之劍與黑劍像這樣對峙過。

即使如此——

我心裡還是充滿了這一天終於到來的感慨。沒錯，我從離開盧利特村開始旅行的那一天，就預感會有這一刻來臨了。

但也只預想到以成為彼此分身的劍互相攻擊而已。腦袋裡還沒有浮現戰鬥究竟會出現什麼樣的結果。而且我也不打算讓除了我們之外的人——連最高司祭也一樣——來決定這個結局。

「尤吉歐……」

認為這應該是最後對話的我開口表示：

「你應該不記得了吧，不過教你劍技的人就是我。身為師父，我可還沒有打算輸給自己的弟子。」

但是尤吉歐已經不再開口。只是直接用流暢的動作揮了一下藍薔薇之劍，然後擺出發動劍技的姿勢。那是單手直劍突進技「音速衝擊」。

雖然對他就算忘記我的名字，也沒有遺忘艾恩葛朗特流劍技感到有些高興，但我也擺出同樣的動作。

兩把劍開始發出鮮豔的淺綠色光芒。

一秒鐘後——

我和尤吉歐同時踢擊大理石地板往前奔去。

（Alicization dividing 完）

後記

我是川原礫。謝謝您閱讀《Sword Art Online刀劍神域13 Alicization dividing》。

從第9集開始的Alicization篇很快就來到第五冊，有魔王氣勢的人物終於登場也讓我鬆了口……看來還不是放鬆的時候……繼上一集之後，這本第13集基本上也一直在往上爬。身為作者的我在校稿時，可以說被爬牆壁和爬樓梯的「爬」搞得一個頭兩個大！（註：日文攀爬牆壁與爬樓梯的動詞雖然唸法相同但漢字不同）還有也給校閱的工作人員添了很大的麻煩！

好像有點離題了。那麼，劇情雖然一直沒辦法發展到最後的魔王戰，但本集終於能夠詳細描寫副標題的由來，整合騎士愛麗絲・辛賽西斯・薩提小姐這第三位主角了。她將如何和束縛自己的系統對決，並且開創出自己的命運呢……這就是本篇故事最大的主題，當然也要請大家繼續支持桐人與尤吉歐。

關於尤吉歐先生呢，他在本集快結束前轉職為高等職業了……依然是劍士的桐人能有勝算嗎？這樣的話桐人是不是也要轉職呢？按照慣例，詳情又得到下一集才能揭曉了，真的很抱歉！第14集裡一定會和最後魔王亞多米尼史特蕾達小姐戰鬥，請大家拭目以待！

……雖然已經這麼公布，但很抱歉，接下來預定出版的ＳＡＯ是Progressive篇的第2集。在Alicization篇裡分別處於現實世界與地底世界的桐人和亞絲娜，這次將組隊一起攻略艾恩葛朗特第3層，也請大家多多支持這邊的故事。

這裡要稍微宣傳一下。我想大家已經從本書的書腰上看見了（註：此指日版），今年（二〇一三年）的年末將會播放電視動畫版ＳＡＯ的特別節目。基本上是二〇一二年播放過的艾恩葛朗特篇與妖精之舞篇的精華片段，但應該還是會增加一些新的影像才對。睽違一年後，桐人他們又將出現在螢光幕上了，還請大家務必收看。

總是被進度落後變成常態化的我添了許多麻煩的ａｂｅｃ老師、責任編輯三木先生、土屋先生，以及閱讀到最後的各位讀者，真的很謝謝你們。讓我們在下一集裡再見吧！

二〇一三年六月某日　川原　礫

Kadokawa Light Novels

花✕華 1~7 待續

Kadokawa Fantastic Novels

作者：岩田洋季　插畫：涼香

讓人抱著各種夢想的聖誕季節即將到來，
你想跟哪位HANA一起度過平安夜？

聖誕節即將到來，兩個「HANA」都想和夕度過一個兩人世界的平安夜。花的提案是看完舞台劇後吃晚餐，最後在聖誕燈海中度過。而華公主則想到雪山舅舅家的別墅過夜，來一趟滑雪之旅。影片完成後就要給答案，突然殺出的平安夜到底會有怎樣的發展？

台灣角川

各 **NT$200~220/HK$55~60**

Kadokawa Light Novels

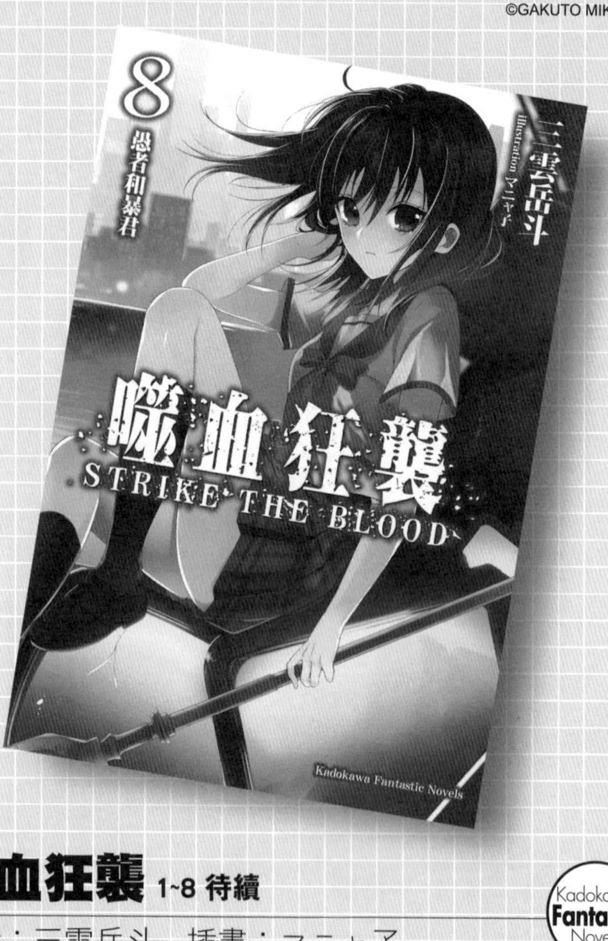

噬血狂襲 1~8 待續

Kadokawa Fantastic Novels

作者：三雲岳斗　插畫：マニャ子

札哈力亞斯設下「宴席」想讓第四真祖復活。
絃神島陷入危機之際，第四真祖終於覺醒——

古城為了探望住院的妹妹，在醫院遇見了吸血鬼少女奧蘿菈。要拯救凪沙，奧蘿菈正是最大關鍵，古城因而幫助她逃亡。軍火商札哈力亞斯設下了「宴席」，第四真祖終於覺醒。其真面目究竟為何？古城能阻止真祖復活，拯救絃神島面臨的瓦解危機嗎——？

各 **NT$180~240/HK$50~75**

台灣角川

國家圖書館出版品預行編目資料

Sword Art Online刀劍神域. 13, Alicization dividing / 川原礫作 ; 周庭旭譯. -- 初版. -- 臺北市 : 臺灣角川, 2014.04
面； 公分

譯自：ソードアート・オンライン. 13, アリシゼーション・ディバイディング
ISBN 978-986-325-897-1（平裝）

861.57 103003488

Kadokawa
Fantastic
Novels

Sword Art Online刀劍神域 13

Alicization dividing

（原著名：ソードアート・オンライン 13 アリシゼーション・ディバイディング）

2014年4月23日 初版第1刷發行
2019年10月4日 初版第12刷發行

作者：川原 礫
插畫：abec
日版設計：BEE-PEE
譯者：周庭旭

發行人：岩崎剛人
總經理：楊淑媄
資深總監：許嘉鴻
總編輯：蔡佩芬
主編：朱哲成
美術設計：胡芳銘
印務：李明修（主任）、張加恩（主任）、張凱棋

發行所：台灣角川股份有限公司
地址：105台北市光復北路11巷44號5樓
電話：（02）2747-2433
傳真：（02）2747-2558
網址：http://www.kadokawa.com.tw
劃撥帳戶：台灣角川股份有限公司
劃撥帳號：19487412
法律顧問：有澤法律事務所
製版：尚騰印刷事業有限公司
ISBN：978-986-325-897-1